昨日の影

ヘレン・ビアンチン
井上圭子 訳

ハーレクイン
SP
文庫

YESTERDAY'S SHADOW

by Helen Bianchin

Published by Harlequin Japan,
a Division of K.K. HarperCollins Japan, 2025

ヘレン・ビアンチン

ニュージーランド生まれ。想像力豊かな、読書を愛する子供だった。秘書学校を卒業後、友人と船で対岸のオーストラリアに渡り、働いてためたお金で車を買って大陸横断の旅をした。その旅先でイタリア人男性と知り合い結婚。もっとも尊敬する作家はノーラ・ロバーツだという。

◆主要登場人物

ナタリー……………………………秘書。
ジョン・マクリーン………ナタリーの父親。
アンドレア…………………ナタリーの継母。
ライアン・マーシャル……ナタリーの夫。建築業。
ミシェル……………………ライアンとナタリーの娘。
シモーヌ・ヴィージー……ライアンの元愛人。
ジェンキンズ………………マーシャル家の執事。
マーサ………………………ジェンキンズの妻。

1

太陽が青空に輝いている。けれどもまだ比較的早朝のこの時刻には、日中の暑さを予想させるようなはっきりした兆しは何もなかった。

バスはサウスポートで黄金海岸《ゴールド・コースト》ハイウエーに入り、サーファーズ・パラダイスの中心部に向かって走り始める。ナタリーは座席の枕に頭をもたせかけ、車窓からの広大な景色に注意を集中しようと努めた。

クイーンズランド州南東部の海に沿ってのびるこの海岸は、みつ色の砂浜を持つまさに黄金色の海岸である。高くうねる波が岸に砕けて泡立つ雄大な海はサーフィンをするには絶好の条件を備えており、日照時間が長いこともあって年間を通してたくさんの旅行者や行楽客が訪れる。水際《みぎわ》にずらりと並んだ無数の高層ビルにはそれぞれ想像力をかき立てるようなすてきな名前がつけられていて、人々を別世界へと誘《いざな》う。

ナタリーは公平な、だがちょっぴり皮肉な目で、留守にしていた三年の間の変化を観察した。ハイウエー沿いにあった家屋の多くが姿を消し、代わりにモダンなしゃれたデザインの高層ビルが立ち並んで、急速なコンクリートジャングル化が進んでいるようだ。

　水圧ブレーキのしゅうっというかすかな音と到着を知らせる運転手のアナウンスで、ナタリーはぱっと立ち上がった。そして、他の乗客と一緒にぞろぞろと降車口に向かった。

　腕時計にちらっと目を向ける。飲みたくてたまらないコーヒーを飲む時間はありそうだ。ブリスベーンのホテルをチェックアウトしてから何時間もたっている。張り詰めた神経は拒否しているにもかかわらず、胃が空腹を訴えていた。

　戻って来ようと決心するにはかなりの勇気が必要だった。これほどまでに過酷な自分の運命を、一体幾度呪《のろ》ったことか！　絶え間のない不安にじわじわとさいなまれ、すっかり取り乱してしまっている。こんなみじめな役目、やめられるものならすぐにでもやめていただろう……でも、選択の余地はなかった。にっちもさっちもいかないってこのことだわ、と彼女は苦々しく思った。好むと好まざるとにかかわらず――好むなんて絶対にあり得ないことだけど――一生、二度と関《かか》わりを持つまいと誓った男とまた向かい合わなければならないのだ。本能がこぞって、いまのうちに逃げろ、と叫んでいた。けれども断固とした意志のみに引きずられて彼女は最寄りのコーヒーラウンジに入り、コーヒーと軽食を注文した。

　彼女は九時を少し過ぎたころ朝の日の光の中に再び飛び出し、大通りに向かって歩き出した。目ざすビルは三ブロック先にあった。百六十センチ足らずで小柄な自分に、通りすがりに注がれる賞賛の目には気づかず、元気のよい足どりで歩いて行く。

ほっそりした美しい体。優美な顔は桃のようにきめこまかで美しい色つやをしている。気分に応じて明るくなったり、暗くなったりする魅力的な灰色の目は濃い黒いまつげに縁取られ、肩まで垂れた長い金髪は金色の日ざしを浴びて絹のように輝き、ひと足歩くごとにやさしく揺れる。

有るか無しかの微風が暑い日ざしを和らげていた。車の間を縫うように進んで道路を渡る。歩道に上ると、ナタリーはちょっと足を止めて、落ち着こうと深呼吸をした。目の前に、マーシャル産業のオフィスが入っている堂々たるビルがそそり立っている。目にきらりと挑戦的な光を宿して、彼女はガラスの自動ドアに向かって再び歩き出した。

美しい大理石の建物の正面は、意匠、装飾ともにすばらしい豪華な内部への導入部にすぎなかった。ロビーを横切り、エレベーターに乗り込むと同時に、冷たいあきらめが彼女の心をとらえた。ボタンを指でぎゅっと押す。すると、あっという間に目ざす階に運び上げられてしまった。

ああ、とうとう来てしまったわ！　天の加護ももはや当てにはなるまい。彼女は覚悟を決めると、ひややかなとりすました表情を浮かべてふかふかの絨毯《じゅうたん》を踏んで受付に向かった。

「マーシャルさんに、お願いします」そっけない口調で言い、彼女は受付嬢の素早い一瞥《いちべつ》を落ち着き払って受けとめた。

「どちらさまでしょうか？」

「マクリーン……ナタリー・マクリーンです」受付嬢が社内電話の受話器を取り上げるのを見て胃の筋肉がぎゅっと引き締まる。もしライアンが自分に会うことを拒否したら……。

「マーシャルは午前中は予約でふさがっておりますが、いかがでございましょう？」

若い娘はてきぱきと答えた。「ですが、正午ごろでしたらお会いできると申しております」

少しばかり先に延びても仕方がないだろう。ナタリーは無言でうなずいた。わざわざこんなに遠くまでやって来たのだ。すぐに会えないからといってチャンスをつぶしてしまうわけにはゆかない……。

「結構です。ありがとう」ナタリーはくるりときびすを返してエレベーターの方角に向かって歩き出した。すっかり自信がなくなっていた。ああ、三時間も埋めなければならない！

一階におりると、特に当てもないまま暑い日ざしの下に出た。三月は観光シーズンのピークを過ぎているので、朝まだ早いこの時間には人はそれほど多くない。彼女はぼんやり店先のショーウインドーをのぞきながら新しいアーケードをぶらつき、それから新しくできたショッピングセンターに入って数軒の高級ブティックを漫然とのぞいて歩いて時間をつぶした。

次にナタリーが受付に姿を現したのは、十二時五分前だった。今度はまっすぐネラン川を見晴らす贅《ぜい》を凝らしたラウンジに通された。胃がひっくり返りそうだ。

「マクリーンさん、どうぞこちらへ。マーシャルがすぐお目にかかるそうです」

ナタリーは立ち上がったとたん、不安定な神経を抑制しようとするあまり、くらくらっと目まいを覚えた。

マーシャル……なんていやな名前だろう。彼女はその名前を、その名の持ち主の男とほぼ同じくらい憎んでいた。

息も詰まりそうな思いで秘書のあとからついてゆく。絨毯を敷き詰めた長い廊下をひと足歩むごとに、内心の緊張がますます高まってゆくような気がした。

「マクリーンさんです」事務的に告げる秘書の声。ナタリーは機械仕掛けの人形のような動きで部屋の中に入る。背後で閉められたドアのかちりというかすかな音はほとんど耳に入らなかった。

磁石に吸い寄せられるように、目がひとりでに、中央の大きなデスクの後ろに立っている長身の人物に引きつけられた。三年という歳月はほとんどなんの変化ももたらさなかったようだ。どちらかといえば、以前よりもいっそう精力的に見える。がっしりした広い肩幅が引き締まったスリムな腰に向かって細くなっている体つき。カジュアルだが、上等な服に身を包んでいる。その下に抑えつけられている力がおのずと表面ににじみ出て、荒々しい、ほとんど動物的ともいえるパワー——生まれつき備わっている並外れた活力——が全身にみなぎっている。濃い、よく手入れされた薄茶色の髪には銀髪はちらともまじっておらず、虎《とら》のような黒みがかった金色の目は傲慢《ごうまん》な表情をたたえて、ナタリーを上から下まで、まるで値踏みでもするかのようにゆっくりとねめ回している。

「マクリーンだって？」ライアン・マーシャルが不気味な、静かな口調でとがめた。ナタリーは背筋にぞっと寒けが走るのを覚えた。

「それがわたくしの名前ですから」どうにか平静を装って答えると、ライアンの口もとがせせら笑うようにゆがんだ。

「別の名前になったと記憶してるがね」

ナタリーはぐっと喉が詰まりそうになった。自分がひどく無防備な状態で、ライアンの体から発散している強烈な男らしさにさらされている——そんな気がした。声音を平静に保つには信じがたいほどの努力が必要だった。「それは、わたくしが懸命に忘れようとしていることですわ」

黒っぽい眉が片方だけぐいとばかにしたように上がった。「それで、うまくいった？」いくはずがないでしょ！　そう彼女は叫びたかった。忘れようとして忘れられず、眠れぬ夜を、幾夜過ごしてきたことか！　けれども、声に出しては、きわめて丁寧な口調で彼女はこう答えた。「貴重なお時間をむだにしたくはございません」

ライアンは豹《ひょう》のようなしなやかな動きでデスクの周りを回って、その端にもたれた。その目が、彼女の目を、まるで魂までのぞき込む権利があるとでもいわんばかりにじろじろと見つめている。

「なぜ君がこうして……わざわざぼくに会いにやって来る気になったのか、そのわけをきいてみたいものだな」深々としたひじ掛けいすの一つをめんどうくさげにぐるっと腕を回して指し示す。「かけたまえ」

「いえ、立っています」生来の用心深さに断固たる決意が加わって、彼女はぐいとあごを上げ、きっぱりと断った。

彼の口の端が苦々しげにゆがんだ。「そうやって、いつでも逃げ出せる態勢をとっておこうってわけかい？」

初めて怒りがこみあげてきた。瞳がくもり、嵐《あらし》のような濃いグレーと化す。「あなたにはこの会見をなごやかなものにしようという気がないの？」

「おいおい、ナタリー。それをぼくに注文する気かい？」

彼女はどっと疲れを覚えた。いかに挑発されようと、絶対に彼に対する攻撃をさしはさんではならないのだ……。「父のぐあいが悪いんです」彼女はきっぱりと言った。「手術をしなければ助からない病気なんです」

いかつい顔には感情の影すら見えない。部屋はしんと静まり返り、ナタリーは自分の呼吸をひと息ごとに意識した。早鐘のように打っている心臓の大きな音がきっと彼にも聞こえているに違いない。

食い入るように彼女の目を見つめたまま彼は言った。「気の毒に」

「だけど、援助はできない？」ライアンの態度が少しも和らがないのを見て取り、ナタリーはちょっと苦々しげに言った。

「援助の依頼だとは気がつかなかったな」ライアンが即座に言い返す。彼女は落ち着こうと深呼吸をした。

「わたしは助けを乞《こ》うのはおろか、ここへ来るのさえいやだったわ。でも、あなたが最後の頼みの綱なの……ほんとに」

「それは……光栄な」皮肉っぽくあざけった。

ナタリーはライアンの目をしっかり見すえて、その目に不動の意志を見て取った。すると、彼に対して新たな憎しみが湧《わ》き上がってきた。

「懇願しろ、っていうの？」

「する気はあるのかい？」

「そうさせたいの？」

例の虎のような目がぴかっと光り、口もとに冷笑が浮かんだ。「君がひざまずくところを、ぜひ見たいものだな」

「なんて下劣な人！」彼女は目をきらきら光らせてライアンに食ってかかった。「あなたを心の底から憎んでいるわ。こんなに人が憎めるなんて想像もできなかったほど」

「それで、全部かい？」ライアンが、警告を含んだ静かな声で言ったが、ナタリーには聞こえていない。

「わかったわ！　こんな所へ来るなんて、わたし、どうかしてたのね……気が変になっていたんだわ。話を聞いてもらえると思うなんて」彼女はくるりと戸口の方に向き直った。

「そう急ぐこともないだろう」いつのまにか、眼前に、彼が立ちはだかっていた。そそり立つ恐ろしい壁のように。

あまり近くに立たれ、ナタリーは動転した。二人の間の空気が電気を帯びてびりびり震えているような気さえした。この人に、いまだに心をかき乱されるなんて……。苦い思いが彼女の喉に突き上げてくる。

「君はぼくの前から突然いなくなってしまった」ライアンが静かな、だが不気味な口調で語り始めた。ナタリーはあらん限りの勇気を奮い起こして、じっと立っていた。「消え去ってしまったのだ。跡形もなく」彼は陰気に続ける。「それから、ひと言も、なんの音沙《さ》汰《た》もなかったんだ。三年もの間」片方の眉がせせら笑うようにぐいと上がる。「それがどうだ。今度は突然現れて、〝イエス〟か〝ノー〟だけを答えろ、だ。かなりの額の金に対して」

あらためて言われてみると、いかにもわがままに聞こえる——それは最初からわかっていたことだった。それなのに、ナタリーの継母、アンドレアの巧妙な説得に乗せられ、父親の容態が日ましに悪化するのを目《ま》の当たりにして、ためらいをつい忘れてしまったのだ。

「来るべきじゃなかったんだわ」彼女はあきらめてきっぱりと言った。それが、前よりもいっそうはっきりわかった。彼女は精いっぱい威厳を保ってライアンの傍らを通り過ぎようとした。

「解決策があるよ」

ライアンが静かに言った。ナタリーは足を止め、ゆっくり頭を起こした。

「とても頼めないわ」グレーの瞳があからさまな不信に満ちている。彼女は努めて平静を装おうとしたが、動悸はますます激しくなる。ナタリーは、喉に片手をあてがい、どきどき打っている脈を隠そうとした。

「いや、簡単なことさ」彼は、全身を眺め回していた目をふっくらした唇の輪郭にぴたりと止めて、静かな語調で言った。「我々が仲直りするんだよ」

体の内部が激しい拒絶の悲鳴をあげた。その瞬間、彼女は自分が、いや、いやという短い言葉を叫んだような錯覚に陥った。血の気がひいて顔面蒼白《そうはく》となり、取り乱すまいと渾身《こんしん》の力を振り絞る。思わず叫んでいた。「そこまで……落ちぶれてはいないわ！」

ライアンの瞳がかげり、トパーズのように見えた。不気味な、有無を言わせぬ表情……

ナタリーは背中に冷たい戦慄《せんりつ》が駆け抜けるのを感じた。愚か者だけだ、彼のような男にあえて逆らおうとするのは……。でも、たとえそうでも、彼の申し出に同意するわけにはいかない……。するものか！　ふいに、彼女は自分の弱い立場に気づいてがく然とした。彼の怒りのすさまじさと、力のほどをよく知っていたから。

「いやかい？」

穏やかな声音が一瞬の怒りを呼び戻した。「いやよ！」ああ、事態は予想していたよりずっと悪くなってしまった。

「いやにはっきり言うな」ライアンがからかったとたん、ナタリーの片手が彼のほおに飛んだ。音が静かな室内にやけに大きく反響した。

沈黙が無限に続くかに思われた。ライアンのあごがこわばっている。唯一、目に見える彼のかんしゃくのしるしだ。ナタリーは相手を挑発するような自分の向こう見ずな行為にうろたえた。

「失礼したほうがよさそうね」喉を絞めつけられたような小声で言った。仕返しされて、それこそ逃げ出さなきゃならないはめに陥るのが怖かったのだ。

「そうしないと、ぼくは何をしでかすかわからん」

その場にへなへなとくずおれることもなく、一体どうやってビルから出たのか、考えると不思議でならなかった。内心は木の葉のように震え、ついいましがたの出来事で、冷静さは木端《こっぱ》みじんに吹っ飛んでいた。ぼうっとしながらバス停に引き返し、必要な切符を買うと、彼女はシドニー行きのバスに乗り継ぐために、ブリスベーンまで戻るバスに乗り込んだ。

ビクトリア州南西部の州境に位置している小さな田舎町カスタートンにやっと戻って来た時には、ナタリーは心身ともに疲れ果てていた。十分に休めない窮屈な状態で四十八時間もの長旅を終えたばかりのいま、うまくいかなかったことを楽観的な継母に告げなければならない、と思っただけで、その場にへたり込んでしまいそうな気がした。ライアンに訴えさえすればきっと聞き入れてもらえる……会いに行くのはただ、必要な形式的手続きにすぎない、そうアンドレアは固く信じていた……。

迎えの車もなく、わずかな所持金を減らすまいとその日の朝から飲まず食わずの疲れた体で、彼女は夕暮れの迫る町を足早に歩き始める。

ぎいっと音をたてて木戸を通り抜ける。明かりのともった窓を見ながら踏み段を上る。呼び鈴を鳴らすと同時にアンドレアが戸口に現れた。「ナタリー！　どうだった？」美しい顔を期待に輝かし、彼女は待ったなしに返事を迫った。

「その前に、まずコーヒーを一杯くださらない？　朝、食べたきりなの」ナタリーはやっとの思いでかすかなつくり笑いを浮かべ、やんわりととがめるような口調で言い返し、小さな居間を通り抜けてキッチンに入った。「パパは眠ってるの？」

「ええ、ミシェルも」アンドレアはナタリーのすぐ後ろからついて来て、申しわけなさそうに小さな声で言った。「夕食は何も残ってないの……いつ帰るかわからなかったものだから」

「サンドイッチでいいわ」アンドレアがコーヒーの支度にかかり、ナタリーはパンを二、三枚抜き取って、冷蔵庫をのぞいて中にはさむものを探す。

「それで?」テーブルの向かい側に座った継母の心配そうな目を見ながら、ナタリーはまずひと口サンドイッチをかじり、それから熱いコーヒーをおいしそうにごくりと飲んだ。先に延ばしてもどうせわかることだし、それに、いやな知らせをいろいろ言いつくろってみても意味がないだろう……。「だめだったわ」彼女は静かな声で言った。そして、アンドレアの顔をよぎった不信の表情にうんざりした。

「ライアンに会ったんでしょ?」

「ええ、会ったわ」

「それで、彼が断った、っていうの?」

「あまり愉快な会見じゃなかったから」

「だって……あの人はあなたの夫よ!」アンドレアがあきれて叫んだ。

「わたしたち、別れたのよ。忘れたの?」

「でも、まだ、あなたは戸籍上はあの人の妻だわ。それに、もしミシェルのことを知ったら……」

「知らせてないわ」ナタリーは素早く遮って、年長の婦人の顔をじっと見つめた。「わたしが生きている限り、絶対に知らせないわ。知らせて、あの人に、ミシェルを自分のものだと言わせたくないのよ」

「あなたはばかよ！　お金持でいられるのに、好き好んで貧乏するなんて」

ナタリーはどっと疲れを覚えた。頭がずきずき痛んでいる。寝不足を早く取り戻さなくては……。「パパのぐあいはどう？」疲れで声がかすれている。

「悪くなったわ。あなたの留守に、二度もお医者さまを呼ばなきゃならなかったのよ。早く手術をしないと……」アンドレアの声が消え入るように途切れ、目に涙がきらりと光るのが見えた。だが、アンドレアはこらえてこう言った。「さあ、早くやすみなさいよ。まるで疲れて、いまにも倒れそうよ。話は明日にしましょう」

狭い階段を上りきった先の屋根裏部屋が、父が再婚した七年前に改造されて、ナタリーの住まいとなっていた。ひとりっ子で、父親と新しい母との関係になじめなかったので、自分自身のすみかを持てたことで独立したような気分になれ、とてもうれしかったものだ。居間と寝室とバスルームからなっており、インテリアはすべて自分の思いどおりにととのえた。特に、この三年の間、この隠れ家がどれほどありがたかったことか……。

戻った翌日から数日間は、目の回るような忙しさだった。山のような仕事が彼女の帰りを待ち受けていたので、昼休みを返上し、終業時刻を過ぎても、一、二時間残業しなければならない日が続いた。ふだんは、年配の事務弁護士の有能な秘書を務め、一人で事務所を切り回している。快く休暇をくれた弁護士の好意に報いるためにも、仕事の遅れを取り戻そうといつもの倍働かざるを得なかったのだ。

その結果、ミシェルの起きている時間に家で過ごせる時間はごくわずかだった。父親の見舞いも朝晩ちょっとのぞく程度で思うにまかせない。父のジョン・マクリーンは、娘が突然休暇を取りたいと望んだ裏には何かわけがある、と感づいていたとしても、そんなようすはおくびにも出さず、ただ楽しかったかどうかを尋ねたきりだった。父は日に日に弱ってゆくように見え、しだいに衰えてゆくそんな父親の姿を目の当たりにしていると、彼女はやり場のない怒りに暮れるばかりだった。

土曜日、南部の秋の気候には珍しく、好天を約束するようなすがすがしい明るい朝が訪れた。ナタリーは家事をすませてからミシェルをカーシートに座らせて町へ買い物に出かけた。

それは彼女の週末の楽しい行事だった。ただし、いよいよいたずらが盛んになってきた二歳の子供を連れて店の通路を一列ずつ歩き回るのは、途方もない忍耐と断固たる態度を要求される我慢くらべをするようなものだったが。

ナタリーはあのみじめな三カ月間は別にして、生まれてこのかたずっとこの小さな町に住んでいたので住民一人ひとりの名前を知っている。田舎町の常としてあらゆる人の事情にもごく自然に通じていた。だから町の中心街で買い物をするということは単なる買い物に終わらず、父親の健康状態からミシェルの新しく生えた歯の話、隣人のリューマチ、果ては世界情勢全般に及ぶ会話を交わすことにもなるのである。

そんなこんなで、おんぼろのミニを車庫に入れ、買った物を車から降ろし始めた時には、時計の針はもう一時に近かった。片づけて、空腹と疲れからぐずり始めていたミシェルを床に入れてほっとひと息つくまでに更に小一時間かかった。

「コーヒーがいい？　それとも冷たいもの？」

「コーヒーがいいわ」ナタリーはためらわずに答え、継母を見やってちょっとほほ笑んだ。二人は軽い昼食を終えたばかりだった。ナタリーはふと、父親の食事の盆が戻っていないことに気づいて、さげに行こうと席を離れた。

「ジョンはいないのよ」アンドレアがあわてて言った。「ドライブに連れ出してもらってるの」

ナタリーはびっくりしてその場に棒立ちになった。「大丈夫なの？　朝、あんなに苦しがってたのに」

やかんがぴいと鳴った。アンドレアは熱湯をインスタントコーヒーに注ぎ、カップをテーブルに運んだ。

「座って、ナタリー」

声の調子にただならぬものを感じてナタリーはちょっと眉をひそめ、継母に鋭い視線を向けた。「どうかしたの?」彼女の目が細まった。が、その時ふいに、信じられないようなある考えがひらめいて、その目は大きく見開かれた。「まさか……」

「ライアンに連絡したかって?」継母は自分で続けた。「したのよ、二日前に」

「あなたにそんな権利はないはずよ!」ナタリーの唇から怒りの言葉が飛び出すと、継母の口もとがきゅっと一文字に引き結ばれた。

「あると思うわ」アンドレアはぐったりといすに腰をおろし、わかってくれと哀願するようにナタリーを見つめた。「ほかにどうしようもないじゃないの」

「その前になぜ、わたしに言ってくれなかったの?」ナタリーは激しく食ってかかった。

だが、継母の声は穏やかだった。

「また……逃げ出せるように?　言ったら、結局、また飛び出して隠れちゃうんでしょう。でも、それからどうするの?　ライアンにはミシェルの存在を知る権利があるわ」

「権利ですって?　じゃあ、わたしの権利はどうなるの?　それはどうなってもいいっていうの?」

アンドレアは腹だたしげにナタリーをにらんだ。「わたしたちは三年間、あなたをかくまってきたわ、ナタリー……あなたがライアンの所から逃げ出してきたあとしばらく、あの人が問い合わせてきても知らぬ存ぜぬで隠し通してあげたわ」目の光が少し和らぎ、哀願の色を帯びた。「わたしたちはいままであなたにできる限りのことをしてきたわ。今度は、あなたのお父さんのことを考えなきゃならない番よ」

「自分を犠牲にして？」ナタリーは言ってしまってから後悔した。「ごめんなさい、身勝手な言い方をして」

継母の口から深いため息がもれた。「今朝、あなたが出かけたあと、ライアンから電話があったの。お父さんのためにいろいろ便宜をはかってくれてね。その確認の電話。実は、お昼前にジョンは救急車で一番近い空港に運ばれたの。そこからシドニーに飛んで、病院に入ることになってるのよ。だから、夕方にはこの国最高の医療チームの手にゆだねられることになるわ」

ナタリーは心臓を手で絞られているような気がした。「あなたはパパのあとを追いかけるのね、当然」彼女は事務的な口調で言った。

「わたしは明日の飛行機で発《た》つわ。市の中心部からちょっとはずれた所に妹が住んでるから、そこに泊めてもらうつもり」

「費用はどうするの？」すでに答えはわかっていたが、きかずにはいられなかった。

一瞬、継母はためらったが、次の瞬間には悪びれるようすもなく言った。「ライアンがまとまったお金を用立ててくれたので何も心配しなくてよくなったの」

瞬間、ナタリーは胃がきりきりと痛んだ。全身が説明しようのない苦痛でうずき始めた。

「代わりにミシェルを取り上げるんだわ」彼女は青ざめた唇で断言した。

「ばかおっしゃい。誘拐できるわけじゃなし」

ナタリーは継母の目をまっすぐに見つめた。「できないかしら？　ライアン・マーシャルにできないことなんかないわよ！」

「立派な人に見えたけど」

「ひどい人よ。良心のかけらもない」

「信じられないわ、そんな……」

「ミシェルはわたしのものよ。だれのものでもないわ。たとえライアンだって、あの子をわたしから取り上げたりできないわ。荷造りして出て行くわよ……いますぐに」いろいろな考えがいやおうなしに頭の中を駆けめぐった。「ミニは……しばらく使わないでしょ……」

呼び鈴の高い音が遮った。ぴんと張り詰めた神経にはやけに大きく響く。ナタリーはアンドレアを見つめる。目が恐怖で見開かれている。

「遅すぎたようね」継母の声には後悔と心配とがあった。

「ありがとう、アンドレア。ずい分ひどいタイミングだこと！」

二度目のベルが鳴った時にはすでにナタリーは歩き出していた。

自分の部屋に入ると、ナタリーはそっと戸口を閉め、ドアにもたれて、顔から血の気を取り去っているどうしようもない恐怖心を追い払おうと、つかの間目を閉じた。

ゆっくり目を開けると、その目は一瞬、ぼんやり空《くう》を見つめた。が、やがて彼女は気持を奮い立たせて、娘が窓辺の白塗りのベッドで眠っている奥の寝室へと入って行った。

眠っている天使のような愛らしい子供を見つめていると、ナタリーの胸はこの子を守らなければという激しい思いでいっぱいになった。ふわふわした薄い金髪とクリームのような白い肌を持った幼子はナタリーの小さい時とそっくりだ――ライアンとそっくりの、利口そうな金色がかったつぶらなはしばみ色の目を別にすれば……。

外のドアを二度ノックする音で、ナタリーははっと我に返った。大きく深呼吸しながら彼女はゆっくり寝室から居間へと歩を運ぶ。

戸口に着いたちょうどその時、ドアがさっと開いた。戸口いっぱいに立ちはだかった男の姿を見た瞬間、ナタリーは背中に冷たいものが走るのを感じた。あごがひとりでに上がる。彼の表情に、瞬間、むき出しの凶暴性がちらりとのぞいた。だが、すぐにそれは巧妙に覆い隠されてしまった。

沈黙が部屋を支配し、緊張が極度に高まった。喉にこみあげてきた塊をのみ下そうとして、ナタリーは息が詰まった。

2

「あいさつは抜きにして、すぐ戦闘に入りましょうか」怒りに震える声——だれか別人の声のようだ、とナタリーは思った。この場面に、奇妙な非現実感があった。ライアンが……ここにいる。それは、この数年間幾度となく見てきた悪夢——ついに居所を突きとめられ、更に悪いことには二人のかつての激しい情熱が子供という形で実を結んでいるのが知られてしまったという——そのたびに、冷や汗をかいてはっと目覚めた悪夢であった。子供はわたしのものだ……だが、まぎれもなく彼の子供でもある……。

がっしりしたあごの筋肉がこわばって、ただでさえ目立つ横顔がいっそういかつく見える。

「争うためにここへ来たんじゃないよ」ライアンが皮肉っぽく言った。

「あら、そう！」

「中に入れてくれないつもりかい？」

「お互いに礼儀正しく、ね」ナタリーは大げさな身ぶりでわきに寄った。

「アンドレアはぼくに連絡するのが適当だと思ったらしいよ」ライアンは皮肉っぽく言いながら部屋の中ほどまで進んだ。ナタリーは彼の強い視線をぐいと受けとめた。

「たったいま、そう聞かされたばかりよ」灰色の目が嵐《あらし》に荒れ狂う海のように冷え冷えとしている。「父がお世話になるそうで……最高の病院で。アンドレアが肩の荷をおろせてほっとしているわ」苦々しさと腹だたしさの入りまじった気持で、ナタリーは顔をくもらせた。「アンドレアの気持はわかるけど、こんなやり方、わたし、絶対に許せない」

一瞬、ライアンの目が怒りでかっと光った。だが、声は不気味なほど静かであった。

「子供がいるとわかった時、ぼくがどんな気がしたかわかるかい？」

ナタリーの目からも火花が散った。「わたしだけだったら、絶対に知らせなかったわ！」

「この手で君を絞め殺せたら！」

はっと心臓が止まりそうになった瞬間、彼女は心から恐怖を覚えた。ほんとにやりかねない。ライアンの圧倒的な力の前には、自分など弱い、無力な存在にしかすぎないのだ……。ナタリーは用心深く言った。

「暴力は立派に罪になるわよ」

長い沈黙があった。ようやくライアンが口を開いた時、その声にはまったく感情がなかった。「ぼくの娘を引き渡してもらおう」

溶岩が火山から噴き出すように怒りが喉から噴き上げてきた。「渡すもんですか！」目が激しい憎悪でぎらぎら光っている。「国中の法廷であなたと争うわ！」

「どの裁判官だってぼくに親権を認めるさ。君よりぼくのほうが子供をずっと幸せにできる、という理由でね」

そのひと言ひと言が冷酷な最後通告のように胸に突き刺さった。「絶対に連れて行かせないわ」全身が苦痛によじれている。「あなたって、なんてひどいけだものなの！」

「人間そのものさ」目をナタリーの目に注いだまま、彼は冷静に答えた。「君にも戻ってもらいたい」

ナタリーはぎょっとしてライアンを見た。「まさか、本気じゃ……」

「本気だよ」

「どういうこと……復讐《ふくしゅう》？」

「どうにでも取りたまえ」

「もし、いやだと言ったら？」

「言うわけないさ」薄笑いを浮かべている。「ミシェルがぼくの切り札だ」

「卑怯《ひきょう》者！」

「何を言うんだ！」

「地獄に落ちるといいわ！」

「道連れにされないように気をつけるんだな」

「わたしがどんなにあなたを憎んでいるか、とても言葉では表せないわ」

「胸が痛むな」ライアンの表情がこわばった。「ナタリー、我々は明日の飛行機で発《た》つ」

有無を言わせぬ口調。「アンドレアはシドニーまで一緒だ。荷造りをしたまえ」

「冗談でしょ！」あまりにも急な話で頭がくらくらし始めた。

「ちっとも」

「だって家を空《から》にするわけには……」

「すべて手はずは整っているよ、ナタリー」

ナタリーは苦々しげな笑い声をたてた。「もちろん、そうよね……失礼しました。わたしはこの恐ろしい茶番の端役にすぎないんですもの」

「茶番なんかじゃないさ」

「お話はよくわかりましたから、もうお引き取り願えません？」

片方の眉がばかにしたようにぐいと上がった。「この部屋から、かい？　それともこの家から？」

「両方よ！」

「アンドレアはとても親切でね。今夜、ぼくにベッドを提供してくれたよ」

「わたしの、じゃないわ」ナタリーがいきまくと、彼の唇がゆがんで薄笑いが浮かんだ。

「ずい分お堅いことで、ぼくのいとしい奥さん《マイ・ダーリン・ワイフ》。君が何かというと飛びついてきた時のことを、ぼくははっきり覚えているよ」

「あのころはどうかしてたのよ」ナタリーは狼狽《ろうばい》した。

「あれから三年だ、ナタリー。少しは大人になったかい？」

それを聞いたとたん、また怒りが身内から噴き上げた。「あなたの言う大人になるって意味が、愛人を一人か二人、いえ、もっと持つのを大目に見るってことなら、おあいにくさまだわ！」

「一体全体、なんの話をしてるんだ？」

「シモーヌ・ヴィージーのことよ」ナタリーは吐き捨てるように言った。

「なんの話だ？　ぼくが若いころベッドを共にした女のことを、いちいち釈明しろって言うのか？」

「おやおや、あなた、その女《ひと》たちを全部覚えているの？」

敵意が空中で火花を散らす。トパーズ色の冷たい目の光にかんしゃくが表れている。ナタリーは無意識に息をひそめ、襲いくる言葉の攻撃に身構えた。

「こんな話、これ以上続けて何になるんだ？」ライアンはそっけなく言った。ナタリーは長い吐息をついた。

「うまく逃げたわね」

「シモーヌ・ヴィージーのことが原因だったなんて気がつかなかったな」

「まあ、ほんと?……しらばっくれて」

「打たれるぞ、いいのかい?」

「おやまあ、それ、脅し?」

「挑発するな。ぼくはかろうじてかんしゃくを抑えているんだから」

「どうして? 自分の子が、あれだけ欲しがっていた男の子じゃなくて娘だったから?」

一瞬、ナタリーはライアンのかんしゃくが爆発するのではないかと思った。彼を怒らせるなんて、なんて無謀な……結果は目に見えているのに。彼女の脳裏に、二度と繰り返したくない過去の報復が生々しくよみがえってきた。

「あなたのしてることは脅迫だわ」震え声で言うと、ライアンの眉がせせら笑うようにつり上がった。

「じゃあ、考え直すかい?」

「もし、そうしたら、どうするつもり?」

「ミシェルを連れて行くまでさ」

「卑怯だわ!」ナタリーはぎょっとしてささやいた。「わたしはあの子の母親よ!」

「ぼくは父親だ」

「わたし、あなたを絶対に許さないわ」

彼の顔にうっすらと笑いが広がった。

「胸が痛むな」

〝冷酷な人でなし〟と言おうとしたその瞬間、隣室でひと声、弱々しい泣き声があがった。と思うや、たちまちそれは、わあっと泣き叫ぶ大声に変わった。ナタリーは無言でくるりと向きを変え、その場を逃れるようにして奥の部屋に入った。

ミシェルはベッドに起き直り、悲しげに唇をすぼめて泣いていた。大きな涙が子供らしいほおを伝っている。母親の姿を見るや否や、彼女は小さな両腕を差し出して顔をくしゃくしゃにした。

「よく眠った、ダーリン?」ナタリーは近づいて幼い娘を抱き上げると、首筋にそっと顔をうずめた。だれにも、たとえライアンにだって、わたしの一番大切な宝物を渡したりするもんですか!

慣れた手つきで彼女はおちびさんの着替えをさせ、両腕に抱き上げていつものように抱きしめた。すると、ミシェルはうれしげにくっくっと笑った。

「ぼくにも、いいかい?」

物音ひとつしなかったので、自分のあとからライアンが部屋に入っていたとはナタリーは思いもしなかった。彼女はゆっくり振り返る。まるで略奪者から娘を両腕でかばう、といった格好で。

彼の目がしっかりと彼女の動作をとらえ、無言で承諾を迫った。あごがひとりでに上がる。男の粗暴な怒りをちらっと認めたとたん、ミシェルを抱く腕に本能的にぎゅっと力がこもった。

この時、もしもミシェルが見知らぬ男にびっくりして、彼ににこりともしなかったとしたら、どうなっていただろう？

「やあ、こんにちは」ライアンがにこやかに声をかけると、すぐに、幼児の楽しげな笑い声が応じた。

「いつもミルクとビスケットは階下《した》で食べさせるの」ナタリーがぎごちなく言った。

「じゃあ、それをぼくにやらせてくれないか。アンドレアに何か食べさせてもらっている間に、ぼくは娘と仲良しになるよ」

「その間、わたしは……何をするの？」

顔はまだ笑っていたが、目は黒みがかった金色に光っている。「荷造りだ」短く命じると、逆らえるなら逆らってみろ、といわんばかりに近づいて来て、ナタリーの腕からミシエルを取り上げた。

ドアが開いて、それから静かに閉まった。そのとたんに、彼女は追いかけて行って物を投げつけてやりたい衝動に駆られた。が、必死でその気持を抑えた。そうできたらどんなに気分がせいせいするだろう……たとえ、むだだとわかっていても……。

やり場のない怒りに目の前がぼうっとかすんだ。洋服だんすからスーツケースを引っ張り出してベッドの上にほうり出し、衣類を手当たりしだいに投げ込み始める。ミシェルのお気に入りのおもちゃ類を大きなスーツケースに詰め終わると、彼女は忘れ物はないかと、頭の中でざっとチェックした。

狭い階段の下までおりると、ナタリーはちょっと足を止めて深呼吸をしてから居間に向かった。アンドレアとちらっと目が合った瞬間、ナタリーの目が疑わしげに光った。アンドレアがこわばった笑みを無理やり浮かべている。

ライアンはミシェルをたくましい膝にのせて、ひじ掛けいすにゆったりと腰かけていた。幼子は初めて会った男にすっかり夢中になっているようすで、ライアンのシャツのボタンをはずそうと余念がない。

「飲みものはどう？」アンドレアが明るく声をかけた。「ライアンはウイスキーだったわね、たしか。ナタリーはライトシェリーだった？　夕食を用意しましたの。一緒にあがってくださるわね？　ライアン」

ぴんと張り詰めた部屋の空気を和らげようと、アンドレアがひとりでしゃべっていた。

「ありがとう」

薄いベールで包んだ毒のあるまなざしでちらっと彼を見ると、愁いを帯びた嘲笑《ちょうしょう》とぶつかった。いやな人！　反感がますますつのってもう少しで爆発しそうだった。彼女はアルコールの勢いで激しく食ってかかる。

「あなた方のどちらからでもいいけど、大金が突然ふって湧《わ》いたことについてパパがどの程度まで知らされているのか、わたくしに話していただけるんでしょうね？」目が憤怒でらんらんと燃えている。「結局は、口裏を合わせなきゃなりませんものね。そうでしょう？」

アンドレアが不安げにちらっとライアンを見やった。

「お義父《とう》さんには全部お話ししたよ……。君がこの前……休暇を取ったのはぼくと和解するためだった、とね。そこで、お義父さんの病気を知れば当然、医療にかかる費用はすべてぼくが負担すべきだと申し上げた」

「当然《ヽヽ》……ね」ナタリーはひややかに繰り返した。彼らの陰謀にただ感心するばかりだった。すべてが事前に注意深く練り上げられていたのだ。父親の耳には、不愉快なことは一切入れないほうがいい、とアンドレアが入れ知恵したのに違いない。それだけがせめて不幸中の幸いだわ……。

「皮肉は君には似合わないよ」ライアンが穏やかにたしなめると、ナタリーは苦笑した。

「何を期待しているの？　上品な会話？」

「こちらではとても穏やかな夏でしたけれど、黄金海岸《コースト》ではいかがでしたの？」アンドレアがその場をとりなそうと口を開いた。

「あっ、それそれ。お天気の話がいいわ」ナタリーが半畳を入れた。

夕食の席はナタリーが想像していたほどひどいものにはならなかった。というのも、彼女がしばしばそっけない返事しかしないにもかかわらず、ライアンの洗練された如才なさのおかげで、会話が途切れることなく続いたからだ。彼女が会話に加わろうと加わるまいと、一向にかまわないふうだった。

食後、ナタリーはコーヒーカップを手にして彼の視線を避けるように部屋の反対側の一人用のひじ掛けいすに座り、どうすればあまり目立たずに部屋から抜け出せるか、そればかりを考えていた。

「明朝七時に発とうと思うが、都合はどうかな?」

例の物憂げな声にナタリーはちらりと顔を上げ、彼の耳のあたりに視線を集中した。

「わざわざおききくださるなんて驚いたわ。こちらの都合などおかまいなしに、すべて手配ずみでしょうに」

「質問に答えたまえ」

ナタリーのくすんだ灰色の目とライアンの目がかち合った。「どういうふうに行くんですか?」冷静に尋ねたが、アンドレアが立ち上がった瞬間、心臓がぐらりと揺れた。明らかに、もうやすみたいと言い出すつもりらしい。

「わたしは失礼してもよろしいかしら?」アンドレアは二人ににこやかにほほ笑みかけて言った。「細かいことはお二人に任せますね。おやすみなさい」

〝行かないで！　後生だからライアンと二人っきりにしないで〟ナタリーはそう叫びたかった。だが、遅すぎた。継母はすでに部屋の戸口に立っていたからだ。ライアンがじっと見つめている。何を考えているのかわからない表情で。すっかりくつろいでいるように見える。ナタリーは、くるりと背を向けて逃げ出したいのを我慢するのがやっとだった。

長い沈黙のあと、彼はめんどうくさそうに切り出した。「ジェット機をチャーターしてあるので、それでまずシドニーに飛ぶ。そこでアンドレアが妹さんと無事会うのを確かめてから、我々はクーランガッタに向かう」

「そこに車が迎えに来ている」ナタリーが締めくくると、ライアンの苦笑が目に留まった。ナタリーは立ち上がって、キッチンに運ぼうとカップと盆を取り集めた。

「そんなにあわてて、もう逃げる気かい？」ばかにしたような口調に、潜んでいた怒りが一気に噴き出した。

「今日はとても疲れたの」彼女は無愛想に言い返して、荒々しい視線を彼に注いだ。「明日も、またたいへんな一日になりそうだわ。夜明けから日暮れまで乗りっ放しで。今夜は十分眠っておきたいのよ」

ライアンの口もとがゆがんで皮肉な笑みがもれた。「ひとりで寝る最後の晩だ、ナタリー。ゆっくりやすむんだな」

はっとした瞬間、彼女は手に持っていたカップを盆ごと憎たらしいライアンの頭めがけて投げつけてやりたい衝動に駆られた。だが、やがて、正気を取り戻すと、ライアンの方を見もしないでさっさとキッチンに入り、カップをすすいで洗い上げ、盆を元の場所へ戻した。

階段に行くにはどうしても居間を通り抜けなければならない。ライアンと目が合うのを用心深く避けながら、彼女はホールへと向かう。

「どこに寝ればいいのか、アンドレアは言い忘れたようだ」ドアを開けようとしたまさにその時、ライアンが声をかけた。

「客用寝室は階段の右手にあるわ」

念のためにのぞいてみるとベッドができていなかった。アンドレアに猛烈に腹を立てながら彼女はベッドをこしらえ、数分後、すさまじい形相でライアンのわきを通り抜けようとした。

近くには、アフターシェーブのとらえどころのない芳香が漂っていた。体中の神経がぞくぞくし始め、ナタリーはほおにかすかな赤みが広がり始めるのがわかった。意志の力ではどうすることもできない。三年という歳月――千回以上もの夜を経ても、ぞくっとするような、体の奥深くにうずめてしまったはずの欲望は少しも衰えていなかったようだ。

ああ、一体どうしたっていうの？　憎んでいるのに――全身あげてこれほどまでに憎んでいるのに、どうしてこんなふうに感じてしまうの？　おかしいわ。ほんのつかの間の惑乱……そうに違いない！

はっとした時にはライアンが、片手を上げてナタリーの唇の輪郭をぼんやりなぞり始めていた。

「君もここに？」

その静かな声音には冷水をかけたような効果があった。ナタリーはさっと体を引く。

「いや……いやよ！」

夢中で階段を駆け上がり、自分の部屋という安全域に達すると、閉めたドアにもたれかかって、まるで一キロも走って来た人のようにぜいぜいと荒い息をした。

長い間そうやっていたが、やがて彼女は身を起こし、寝室へと歩を運んだ。部屋に入ると、緩慢な、機械的な動作で寝支度にとりかかった。

シーツの間にもぐり込むと、彼女は顔を枕にうずめた。つらい思い出が生々しくよみがえり、次から次へと洪水のように押し寄せては眠りを妨げた。

3

思えば、二人の女友だちと共に過ごしたのん気な休暇がそもそもの発端だった。三人はそれぞれ三週間の有給休暇を取って、思いっきり太陽を浴びて楽しもうと、有名な海浜の保養地、サーファーズ・パラダイスに来ていた。

四日目の夜、木曜日——そう、曜日もその時刻さえもはっきり覚えている——みんなでディスコに出かけた。ナタリーはそこで組んだ相手のしつこい口説きを防ぎきれなくなり、友だちに合図してその場からひとりこっそり抜け出した。

二ブロック先のホテルまでは簡単に歩いて行けると思っていたので、前方をふらついている四人の酔っ払いにもちらっと目をやったきり気にも留めなかった。ところが彼らはナタリーを取り囲み、突いたりやじったりして行く手を阻んだ。最初は、彼女は笑ってわきへ避けたが、通してくれないのがわかると、二言三言きつい言葉を吐いた。だが、ほとんど効果はなかった。事態がいよいよ手に負えなくなり始めたまさにその時、一人のすらっとした長身の見知らぬ男がその場に現れた。すると、若者たちは数秒後には姿を消してしまった。

「ありがとうございました。なんだか、あっという間にやっかいなことになってしまって」ナタリーはちょっとほほ笑みを浮かべ、心から礼を述べた。

「コーストへは観光で来たんだね?」

それは質問というよりは断定に近かった。ナタリーはくすっと笑った。「わかりまして?」薄暗い裏通りで判別できたのは、彼が背の高いがっしりした体つきの男だということだけだった。

「夜、このあたりを一人で歩くのは賢明じゃないな。どうしても、ってことなら、人通りの多い表通りを歩きなさい」男はゆっくりした口調で言った。

「そこまで考えませんでしたわ。だってホテルはすぐそこなんですもの。このエスプラナード通りを行くのが一番近道のような気がしたんです」

「あんないやな目にまたあいたくなかったら、ホテルまでぼくの車に乗りませんか?」

「それじゃあ、小難を逃れて大難に陥る、じゃありません?」ナタリーは笑って答えた。

「ありがとうございます……でも、結構ですわ」

「独立心旺盛《おうせい》だな」男が言うと、彼女は用心深く答えた。

「見知らぬ人には気をつけろ、ってたったいまおっしゃったばかりなのに、車に乗れ、では矛盾してますわ」

二人は並んで立っていた。すぐ触れそうなほど近くに。男が低いしゃがれ声で笑ったのでナタリーは思わず振り仰いだ。

近くの街灯の明かりが男の顔立ちを鋭く照らし出し、はっとするほど力強い横顔をくっきりと浮かび上がらせていた。彼女はなぜか背筋がぞくっとした。

「じゃあ……車はやめよう。ホテルはそう遠くないということだから、一緒に歩いて行こう」

「その必要はないと思いますけど」

「一日一善、いいじゃないですか」

ナタリーは鼻にしわを寄せた。目がいたずらっぽく躍っている。「あなたはとてもボーイ・スカウトのタイプには見えませんわ」

にこっとほほ笑んだ男の笑顔を見て、彼女の心は妙に動揺した。

「じゃあ、ぼくはどんなふうに見えるのかな?」

「あの……世慣れてらして……」ナタリーは小首をかしげて男を見つめながら、考え深げに言い始めた。「成功されている……そんなふうに見えますわ。そして、女性によくもてる」

「信頼できない? 当てにならない、ってこと?」

ナタリーは明るい笑い声をたてた。「その点については、もっとよく知り合わなければなんとも答えられませんわ」

「明日の夜、一緒に食事をしよう」それは問いというよりも、承諾を予期した断定だった。

「友だち二人と一緒に休暇を取ってますから」彼女は丁重に断った。

「ひと晩くらいかまわないでしょう?」

「いえ……結構ですわ。知らない……全然知らない方ですもの」彼女は用心深く弁解した。

二人はほとんど二つ目のブロックの端まで来ていた。通りを隔てたすぐ向かい側にナタリーの泊まっているホテルがあり、玄関が照明で明々と輝いていた。

「名前を聞かせてくれないか?」

ナタリーは男の顔を正面から見つめた。危険な男――自分の行く手を阻む障害物は、なんであれ、断固征服せずにはおかないという、強い性格の持ち主のようだ。この男とのデートを承諾することは夜の暗闇《くらやみ》に突堤から未知の海に飛び込むようなものだわ!

「名前などどうでもよろしいでしょう」彼女は穏やかに答えた。「送ってくださってありがとうございました。おやすみなさい」

男が答えるのも待たずにナタリーは通りを渡ってホテルの玄関に入り、あとも見ずにエレベーターのボタンを押した。

続く数日間、三人は買い物と日光浴で過ごし、土曜日の夜は別の国際ホテルのフロアショーを見に出かけることにした。

その夜も半ば更けたころ、ショーの幕間《まくあい》にナタリーは首のつけ根に妙にちくちくするものを感じた。なぜだろうとゆっくり首を回したとたんに、まぎれもない、あの自分を助けてくれた背の高い精力的な男と目が合ってしまった。儀礼的にちょっとほほ笑んだきり、彼女はあわてて友だちとの会話に戻った。

その時は、次に何が起こるか予想もしていなかった。だが、あとになってみれば、この時の出会いを彼女は深いあきらめの心境でしか振り返ることができない。

「飲みものでもいかがですか?」ひじに手が軽く触れたと同時に、すぐに背後で低い物憂げな声がした。すると、彼女が振り返るより先にスーザン——三人の中で一番活発な女の子だが——がすぐにこの申し出に飛びついてしまった。当然のこととして互いの紹介が行われる。こうして、男のテーブルに同席するはめになってしまった。

ライアン・マーシャルはよく気のつくホストぶりを発揮した。そして、彼の巧妙な口車に乗せられ、知らぬ間に、ナタリーも翌晩仲間と一緒に彼の家へ招待されることになってしまった。

あくる日は、衣装選びや支度であっという間に一日が暮れた。ナタリーはみんなの反対を無視して淡い緑青色《アクアマリン》のシンプルなシルクのドレスを着て行くことに決めた。ウエストでゆるく絞って、ブルゾン風の効果を出している。スカート丈はひざ下数センチ。ドレスの色が髪の美しさを強調し、軽く日焼けした小麦色の肌が映える。ヒールの高いサンダル、それとおそろいの白のクラッチバッグが仕上げを完璧《かんぺき》にした。

豪華な車の助手席に納まった時、ナタリーは動揺した。ライアン・マーシャルはただの人ではない。彼の運転するこの車は高価な外車だ。車が高級住宅地である内海の小島に通じる専用道路へ入った時、その不安はいっそうはっきりしたものとなった。

ライアンの家のあるクローニン島は最も小さな島だが、施設完備の点では最も有名な島だ。サーファーズ・パラダイスは海岸線に沿ってのびた細長い地区で、曲がりくねって流れるネラン川に無数の小島が点在し、それらは幾つかの橋で陸地とつながっている。そこでコーストの将来性を見込んだ開発業者たちが陸地の周辺に次から次に運河を開発して、数年かけて小さな島々を一大住宅地に発展させたのである。その結果、この一帯はユニークで非常に価値の高い土地となった。

ツーリストのメッカであるサーファーズ・パラダイスの観光は、運河の水路沿いに巡航して運河開発の歴史に関する興趣ある説明を聞き、数多くの有名な富豪の邸宅をいくつか見ないことには完全とはいえないことになっている。

その夜の出来事は、ライアンの車が丈の高い錬鉄製の電動式の門を通り抜け、大邸宅としかいいようのない屋敷の前庭に停車した瞬間から、夢のようだった。八時少し過ぎから招待客がぞくぞく到着し始めた。続く数時間の間、ナタリーは自分に注がれる彼の視線を感じるたびに――しょっちゅうなのだが――彼が送る秘密めいたかすかな微笑をひどく意識しながら過ごした。漠然とした何か不思議な魔力が二人を結びつけようとしている。押しとどめようにも、自分にはその力がないような気がした。常識がナタリーに、できる限り速やかに、できる限り遠くへ逃げろと叫んでいた。ライアン・マーシャル……彼が何者であれ、自分とは天と地ほどもかけ離れた存在だ。どんな形にしろ、彼と関《かか》われば、自ら悲嘆を招くことになるだろう。

三人がタクシーでホテルに戻ることになったのは、ナタリーがそう強く主張したからだった。送るという彼の申し出を丁重に断ると、彼はからかうようなかすかな笑みを浮かべ、門の外にタクシーの音がすると、片手を上げてぼんやり彼女のほおをなでた。

「おやすみ、ナタリー」低い魅惑的な声を聞くと、ナタリーは暑い夜にもかかわらずぞくっとした。

翌日の朝、ライアンは電話をかけてきて夕食に誘った。丁重に、だがきっぱりと断り、彼女は受話器を置いた。

その日の午後、みんなでビーチから戻ってみると、セロファン紙で包まれた花屋の箱が届けられており、開けてみると、赤いばらが一本と、六時半に電話する旨を記したカードが入っていた。

二人の友を説得してその日は一日ホテルを空けたが、翌朝、またもや花が届き、今度は〈ぼくは真剣です。今夜七時に。ライアン〉と記されてあった。三十分後に電話が鳴った。

スーザンに頼んで不在を告げてもらった。

十分後に、ドアにノックの音がした。とっさにナタリーは寝室に逃げ込んだ。だが、所詮《しょせん》むだだった。三分後には、ドアは引き開けられ、ライアンは部屋の中に入っていたのだ――長身を壁にもたせかけて。

「入っちゃいけないわ……ここは寝室よ」ナタリーはあまりの驚きに目を見張り、口ごもった。

「いや。ここは単に、ベッドがあるというだけの部屋だ――つまり、ぼくを避けるためならどこでもよかったわけだ。なぜなんだ？」

「あなたと出かけるつもりはない、ってお伝えしたはずでしょ？」

「君の指には、君がだれか別の男のものだと証明する指輪がない。ぼくが怖いんだな？ なんて勘のいい人だろう！」「そうよ」ナタリーは率直に認めた。更に悪いことには、自分自身が怖いのだ、と彼女は心の中でつけ加えた。

「ぼくは君ともっと知り合う機会が欲しいんだ」声音は低く、まじめだった。

苦しげな笑いがナタリーの唇からもれた。「ベ、ベッドに連れ込む機会、って意味？」

黒みがかった金色の目が一瞬ぱっと怒りで燃え上がり、口もとが苦笑にゆがんだ。「それも、だ」

ナタリーは息が詰まりそうになった。「わたしは一時の遊びに夢中になるような女じゃないわ」

「ぼくがそうする、とでも？」

「あなたは、たぶん、とてもすてきな男性《ひと》だわ。実際、とても……」と言いかけて適当な言葉を探そうとしたが見つからず、がっかりしたように彼女は両手を投げ出し、あわててこう言った。「スーザンだったら即座に承諾するでしょうに。なぜ、わたしをなの？」

「今夜、食事しよう」ライアンは静かに命じた。「もし同意しないんなら、直ちに車にほうり込むぞ」

ナタリーは信じられないというように目を大きく見張った。「そんなこと、できるもんですか！」

「できない？」ライアンは軽くあざ笑った。

「お仕事はどうなってるの？……何かしてるんでしょう？」

「今日は人に任せることにしたんだ」ライアンはドアから離れてゆっくり近づいて来て
「出かけよう。問答無用だ」と、指を一本ナタリーの唇に立てた。

「友だちが……」

「もし、一緒でなきゃいやだというのなら、彼女たちにそう頼みたまえ」

その日は、結局、楽しい一日となった。ライアンが観光バスのめったに訪れることのない珍しい場所にいろいろ案内してくれたからだ。それに、もし彼が自分と一緒に過ごせばナタリーの気持がほぐれるだろうと考えていたとしたら、まさにそのとおりになった。

社交界の名士たちがよく出入りするそのレストランは人里離れた郊外にあって、こぢんまりしていた。ナタリーは、ここでワインを口にするころになってようやく少し気分が楽になり始めた。

「君自身のことを少し話してくれないか?」

ナタリーは向かい合った男の顔をちらっと見てちょっと笑い、冗談まじりに言った。

「年齢、出身、及び身分証明書の番号を?……たいして面白くないわ。ごく普通の中流家庭の出で、家族は父と継母……きょうだいはいないわ。ビクトリア州南西の州境近くの小さな田舎町に生まれて、ずっとそこに住んでいるの。年は十九歳。事務弁護士の下で働いています」ワインのおかげで大胆になりかけている……たぶんもっと必要なのだろう。

「今度はあなたの番よ」

「三十二歳。家族は世界中に散らばっている。開発と建設がぼくの仕事だ」

ナタリーの目が笑いできらっと光った。「ずい分簡単なのね。きっと大成功なさっているに違いないわ」

「そう……困るのかい?」

「富では健康も幸福も買えませんもの」

「助けにはなる」彼は皮肉っぽく言った。

「でしょうね」ナタリーはまじめに同意した。「でも、友だちが自分を好きで寄って来てくれるのか、それとも単にお金目当てで寄って来るのかわからないのはいやだわ」

ライアンは目を細めてナタリーを見た。「君はとても賢い人だな――自分でわかってる？」

ナタリーは注意深くグラスを持ち上げ、ちょっとすすった。「すばらしいワインだわ」

彼は唇の端にゆっくり微笑をにじませてグラスを持ち上げ、黙って乾杯のまねをした。

料理はどれもかつて味わったことがないほどおいしかった。夜が更けるにつれて、だんだん終わりが近づくことにナタリーは複雑な感情を抱き始めていた。心身のあらゆる機能を鋭敏に保ち、決してアルコールで鈍化させてはならないと決心していたので、彼女はワインのお代わりを拒んだ。ライアンがそのわけを百も承知なことはわかっていた。更に悪いのは、彼がそれを知っていて面白がっていることだ。

帰りの車中、ナタリーはずっと黙りこくっていた。何を言ってもむなしく、ばかげているように思われたからだ。ホテルまで四分ほどの距離だったが、その一分一分がまるで一時間のような気がした。車が止まっても、彼女はじっと座ったきりだった。一刻も早く彼のそばから逃れたくてたまらないのに、そうする勇気が出なかったのだ。

「いつもこんなふうなの？……それとも、ぼくだから？」

ナタリーは質問をかわそうとした。「楽しい夜をほんとにありがとう」ドアの取っ手に手をのばそうとした。だが、先を越されてしまった。

「君、震えているね……なぜだい？」彼がそっと尋ねた。「ぼくは君の美しい髪一本さえ傷つけようとは思っちゃいないのに」

「もう遅いわ」絶望的な気分で思いきって言うと、彼が微笑した。無言で片方の腕をナタリーの座席の後ろに回し、上体をかがめた。温かい息がほおにかかったと思うと、唇が耳たぶに触れ、それからゆっくりあごの線をたどって唇の端までおりてきた。それはごく軽いやさしいキスだった。感覚を刺激し、ちょっとじらし、あっという間に終わってしまったので、彼がドアを開けようと取っ手に手をかけた時には、ナタリーは妙に物足りない気分に襲われた。

「おやすみ、ナタリー」声には軽いからかいの響きがあった。

部屋に戻ると、彼女はなぜか無性に声をあげて泣きたかった。彼は、電話をするとも言わず、次のデートのこともにおわせなかった。ちっともかまわないわ――そう彼女は自分に言い聞かせようとした。けれども、心の奥深くでうずいているこの奇妙な痛みをどう解釈すればいいのだろう？

夜明けとともに理性が戻ると、ナタリーは強引なライアン・マーシャルを忘れようと固く決心した。友だちから前夜のことを根掘り葉掘りきかれても適当にごまかし、もしや、と電話の張り番をしていたい気持も振りきって、ビーチで一日過ごすことに決めた。戻って来ても受付にはなんの伝言も届いていなかった。がっかりしたナタリーは、友だちに、食事に出てナイトクラブに行こうと提案した。どこでもよかったのだ——喧騒《けんそう》と笑いに身を任せられる所ならば。いまや漠然とした強迫観念にまでなり、とりついて離れない男のことを忘れるために……。

次の日の朝、ナタリーは電話の音で眠りから強引に引きずり出されてしまった。彼女は受話器に飛びついた。こんなに早朝から電話をかけてくる人物を、夢うつつの状態でも疑わなかった。

「ナタリー?」

彼女は壁にどんともたれた。つかの間、声が出てこなかった。

「起こしちゃったんだね?」

あわてて彼女は時計を見た。「七時よ」

「だから、君は上品なコットンのシフトドレスを着て、髪をくしゃくしゃにしてそこに立っている」声に笑いがこもっている。

「わたしが何を着て寝てるか、あなたにお話しする気は毛頭ないわ」狼狽《ろうばい》しながら答えると、低い忍び笑いが戻ってきた。

「夕方早いうちにそちらに戻るつもりだ。夜、一緒に食事しないかい?」

「戻る、ってどこから?」

「シドニーからだよ。昨日、こちらへ来た」

「まあ」

「七時にどう?」

ノーと言いたかったのに、ただひと言、簡単な承諾の言葉が口から飛び出してしまった。また会う約束をするなんて……。ナタリーが自分の愚かさを呪《のろ》ったのは受話器を置いてからだった。

その日は時間がたつのがとても遅く思われた。約束の時間の優に十分前にはすっかり支度ができてしまい、待っている間、緊張で胃がこちこちになってしまったような気がした。クリーム色のシンプルなシルクのブラウスと細身のスカートというでたちが、果たして彼の思い描いているイメージに合うだろうか? ナタリーは思い惑って二度までも着替えようかと考えた。が、ふいに自嘲《じちょう》的な笑いが発作的に喉もとにこみあげてきた。ライアン・マーシャルが思い描いているのは、きっと、わたしの洋服をなんとかして無理強いせずにはぎ取ることなんだわ!

彼が到着すると、美しく調和していたはずのナタリーの五感はすっかり混乱してしまった。開襟の黒いシルクのシャツに高価なあつらえのクリーム色のスラックス、という長身の彼の姿をひと目見たとたんに、ほとんど口がきけなくなってしまったのだ。

車中、彼女はずっと黙り込んでいたが、車がシェブロン島を出てクローニン島へ向かった時、ナタリーの一番恐れていたことが現実となってしまった。

「お宅で、お食事をするの？」

ライアンがちらっと鋭い視線を投げた。「人が大勢いる所はいやだから」

驚きで胃がぴくぴくけいれんし始めた。声をできるだけ平静に保とうとしながらナタリーは言った。「ホテルへ戻してくださるんでしょうね」

車は速度を落として広々とした車道を回り、玄関前に横づけになった。ライアンは注意深くエンジンを切り、ハンドルにひじを掛けてナタリーの方に向き直ると、その顔をじろじろと見つめた。

「ぼくには、ベッドで相手をしてくれる女はたくさんいるよ」彼は皮肉っぽく言って更に容赦なく続けた。「家政婦がごちそうを用意してくれている。それを君と一緒に食べる――それだけだ、ぼくが考えてることは」

「それをわたしが信じると思って？」

「降りたまえ、ナタリー」威嚇するような口調に背筋にぞっと寒けを覚えて、彼女はひと言も返さずに彼の言葉に従った。

高まる不安におののきながらナタリーは先に立って大きなパネルドアの玄関、そしてホールを抜け、広々としたラウンジに入った。そこで極上のワインを二口、三口すすってやっとほっとして、初めて周囲を見回す元気が出た。

中間色の厚い贅沢《ぜいたく》な絨毯《じゅうたん》、黒っぽいラッカーを塗った籐《とう》の家具類、いすのクッションはオレンジ色のシルクで覆われている。高価な絵が何枚か薄いクリーム色の壁を飾り、大きなガラスの引き戸はくもりガラスになっていて、クイーンズランド州の強烈な日ざしを遮ると同時にプライバシーを保つ役目を果たしている。

「すばらしいお家だわ」

「それはどうも」ライアンは皮肉っぽく答えた。「家の中を案内しようと申し出たら、君はきっと、ぼくに何か下心があると思うんだろうな」

「とんでもない。すてきな経験になると思うわ」

「君が言ってるのは、家を案内するほうだね？」

「もちろんよ。下心なんかないという、さっきのあなたの言葉を信じていますから」

家は三階建てで、そのうちの一、二階部分は正面玄関からよく見えている。一階は屋敷の裏側を流れているネラン川を見晴らすように造られており、この前、パーティが催されたのはここの大きな部屋でだった。スレート張りの床に、れんがと木を交互に組み合わせた壁が籐の家具に驚くほどよくマッチしており、壁の一面を占めている大きなガラスの引き戸は石畳の中庭に面していて、半透明の青い水をたたえた豪華なプールが見える。その先の控えめな照明で照らされている敷地は戸外のバーベキュー・エリアになっていて、美しい景観を見せている。

正餐《せいさん》用の食堂は一階ラウンジに隣接しているが、主玄関のホールをはさんで反対側にテレビのあるくつろいだ雰囲気のラウンジがあり、そこには心地よさそうな寝いすや長いす、それに、ステレオ、ビデオなどが置かれている。一階にはこのほかに書斎と、家族用の食堂もあり、その奥に、電子レンジも含めて近代的なあらゆる器具を備えたキッチンがある。

上の階には五部屋の寝室があり、各部屋とも家具がひとそろい備えつけられている。家政婦の部屋はそれだけで独立した住まいとなっていて、家の左側のガレージの上に位置している。

「すばらしいわ」ラウンジに戻ると、ナタリーはため息をついた。すぐ近くにいるライアンを意識して胸がどきどきしている。

「もう一杯飲むかい?」

大丈夫かしら? 食事にもワインが出るだろう。とにかく今夜ひと晩、自分の全機能を完全な状態に保って切り抜けなければならない……。「いえ、結構です。でも、わたしにかまわず、どうぞ」

ライアンは首を振った。「じゃあ、食事にしよう」

あとから考えると、その夜、何を食べたのか、ナタリーは何ひとつはっきり思い出せなかった。けれども、とにかく料理がすばらしく、ワインがまたとてもおいしかった。いろいろな話をし、音楽を聴き、そうするうちにいつしか真夜中になり、ナタリーはまるでシンデレラのように帰らなければならないことを思い出した。

一体どんなふうにしてライアンの腕の中に抱かれることになったのか……不思議だった。が、そこはとても居心地がよかった。唇がそっと重ねられ、柔らかい唇を軽く押した。けれども、そのタッチのあまりの軽さに、それ以上を求めてナタリーの胸はせつなくうずき、ほとんど無意識のうちに、両腕を首筋に巻きつけて彼にしがみついていた。

ふっと息を吸い込む音がナタリーの受け取った唯一の警告だった。それから、唇は強く執拗《しつよう》になり、すさまじいキスとなって彼女の唇を征服した。経験豊かな腕にかかってはナタリーの意志の力は弱い。体の力は抜けて、彼がついに手を放した時には、ほとんどひとりで立っていられないありさまだった。

「帰るんだ」ぼうっとしているナタリーのようすを、目を細め、ちょっと物思わしげに見つめて、ライアンは不可解にもきっぱりと言った。

ホテルの前に車をつけると、彼はさっと強いキスをしてから体を乗り出して助手席のドアを開けた。

彼女はふわふわと漂うようにロビーを抜け、部屋にたどり着くと、その夜はひと晩中、ライアンの夢を見続け、翌日も、自分にまた会いたいという彼からの電話が入るまで、その姿が頭にこびりついて離れなかった——その電話は、彼の関心を引くには自分はあまりにも若すぎ、あまりにもうぶで……あまりにも経験が無さすぎる、と何時間も自分自身に言い聞かせたあとに、やっとかかってきたのだった。

それからは、二人はしばしば――いや、始終会うようになった。ナタリーは、毎日、ライアンによって呼び起こされる深い豊かな感動と、これはほんの行きずりの恋にすぎないのだという理性のはざまで引き裂かれて過ごしていたが、平静さだけはかろうじて保っていた。だが、回を重ねるごとに、それは自制心との微妙な闘いとなっていった。一時の情熱に身を任せることが、また、あれほど大切に考えていた道徳観念を見失うことがいかにたやすいかを知り、彼女はがく然とした。

時はまたたく間に過ぎ、ライアンと一緒にいられるのも日一日と減っていった。休暇が終わりに近づくにつれて、ナタリーの心は甘くせつない苦しみに満たされ始めた。そして、最後の夜、彼女はありったけの力を奮い起こして、精いっぱいのおしゃれをした。

どこを走っているのかわからぬうちに、フェラーリはカーブを描いて車寄せに止まった。その時になって初めて彼女はライアンの屋敷に連れて来られたことを知った。もしも自分で選べたら、きっと他の客やフロアショーで気のまぎれる大きなレストランを選んでいただろう……。キャンドルの下で二人っきりの静かなディナーをとったりしたら、きっと身を滅ぼすことになるわ！

ワインも料理もすばらしかった。ナタリーは、ひと口ひと口味わって食べた。コーヒーがラウンジで出された。彼はそれをおいしそうにすすったが、ナタリーは手が震えて、カップを両手でしっかりはさまなければならなかった。

「わたしの休暇をとても楽しいものにしてくださってほんとうにありがとうございました」ナタリーは思いきって切り出し、どもらずに言えたことに内心驚いた。この陳腐な短い言葉を、この日一日、何回練習したことか！

「ぼくと結婚してくれないか？」

「わたしのためにあんなにお時間をさいていただいて……」と続けて言いかけて、ふいに、彼女はライアンの言った言葉の意味を理解した。「あの……もう一度言ってくださらない？」と小さな声でつぶやいて、ちらっと彼の笑顔を見上げる。

「もう一度？」

彼女の瞳は大きく見開かれ、まばたきひとつしなかった。鼓動がぴたりと止まってしまったかに思われた。「ええ」そっと彼女は答える。

ライアンは無言でベルベットの小さな宝石箱を取り出し、蓋《ふた》をぱちんと開けて、すばらしいダイヤの一つ石の指輪を、ナタリーの左手のその指にするりとはめた。

「美しいわ……」すばらしい輝きに圧倒されてナタリーはつぶやいた。大きな澄んだ灰色の瞳が真剣にライアンを見つめる。「これを、ほんとうにわたしに？」

唇がしっかりと彼女の口をとらえた。まるで我が物だと焼き印を押すかのように情熱的に。息苦しさに胸が張り裂けそうになった時、それはゆるんだ。

「明日、帰るのよ」ナタリーは固い胸に頭をもたせかけて震えながら言った。彼と離れ離れになることを思うと、たとえ一日でも耐えられそうになかった。

「ぼくの気持がまじめなものだと君のお父さんにわかってもらうために、ぼくも明日君と一緒に行こう」唇の動きで彼がほほ笑んだのがわかった。「それと、婚約期間をぜひとも短くしたい、って頼むつもりだよ。一週間以上もあったりしたら、ぼくは気が狂いそうだ」

「一週間……」

「それよりももっと少なくてすむなら、ほんとは、明日にでもしたいところだよ」彼は親指と人差し指の間で彼女のあごをはさんで持ち上げたので、ナタリーはいやも応もなくライアンの顔を見つめた。「結婚の誓いを交わすまでは、ぼくは一瞬たりとも君をぼくの目の届かない所には置かないつもりだ」瞳が情熱のためにかげっている。声がからかいの調子を帯びた。「一人にしてみろ。君は二人が結婚すべきでないという理由をいくらでも作り出すだろう。そんな危険はぼくは冒さないつもりだよ」

彼は頭を傾けてキスを、完璧なキスをした。そして、再び息がつけるようになった時、頭がぼうっとして、ナタリーはひと言も反論できなかった。

続く一週間は、もろもろの準備に追われてじっくり考えてみる時間的ゆとりなどまったくなかった。式当日のことさえ、まるで夢の中の出来事のようにぼんやりしている。ただ、家族や友だちに別れを告げて、どこか知らない目的地に向かうチャーターした特別機にライアンと一緒に乗り込むまで、ナタリーは笑ったり泣いたり、いろいろな感情を見せたことだけは覚えている。

ケアンズの海岸沖にあるグリーン島への牧歌的なハネムーンは、何もかもすべてナタリーの想像どおり、いや、それ以上だった。ライアンの愛撫《あいぶ》はナタリーの想像をはるかにしのぎ、彼の熟練した技巧にかかって彼女は歓《よろこ》びの頂点へと駆け上っていった。ライアンを心から愛し、また、自分も愛されていると信じていた。だから、この幸せが壊れることがあろうなどとはつゆ思わなかった。

サーファーズ・パラダイスに戻ると、まるで果てしないパーティの洪水だった。ライアンの友人や仕事仲間が花嫁を紹介しろとせがむのであった。

建築請負業者であり開発業者であるライアンは数件のプロジェクトに関与しており、そのうち、現在海岸沿いに建設中の高層ビルは少なくとも三件にのぼっている。ゆるぎない建設帝国の長として、彼はいい時機にいい場所に建てるという天性の直感を備えており、事業を資本金三千万ドルの合弁企業《コンソーシアム》に発展させるために、必要ならば危険をも進んで冒そうとする人物であった。また、社会の名士としていくつかの団体の理事に名を連ね、社会的にも大いに必要とされていた。

ナタリーがシモーヌ・ヴィージーと接触したのは、そういったあるパーティの席上でであった。シモーヌ・ヴィージー——黒っぽい髪の、きれいな肌をしたモデルで、そのすらりとした長身の優美な姿態が好まれて、数人のデザイナーの専属となっている。また、その古典的な顔立ちを買われて、いくつかの世界の一流ファッション誌に写真が掲載される、という女性だ。

故意か偶然か、シモーヌは、ナタリーとライアンが出席する会には必ず顔を出していた。この魅惑的な女性が文字どおりの男好きであることや、彼女の第一の標的が非常に魅力的なライアン・マーシャルであることは想像しなくてもわかることだった。彼の新婚の妻など、簡単に追い払える、うるさいはえくらいにしかみなされていなかったに違いない。それにライアンの、品行方正とはまったくほど遠いよくない過去のうわさも耳に入ってきていた。

ナタリーの心に疑惑が根を下ろすのにさほど時間はかからなかった。ライアンの仕事熱心は理解しているつもりだった。彼は努めて家で夕食をとるようにしていたが、それでも時々、仕事のつき合いで戻れないことがあった。夕食を待たないように、というライアンからの電話を、最初のうちは彼女もほとんど気に留めなかった。

ところが、シモーヌの陰険なあてこすりが確かな毒の一滴となったのである。それはナタリーを不安に陥れるように巧妙に仕組まれたもので、結果としてナタリーは、夫婦で出席する機会を減らしてほしいと何度か頼むことになる。ライアンが反対してナタリーが言い張る、というようなことが何回か繰り返されると、彼はだんだんいらいらし始め、そして、いさかいが始まった。

自分の不安を打ち明ける友もなく、パーティがあるたびにナタリーは、着実に勝利者となりつつあるシモーヌとの無言の戦いと見るようになっていった。

ある恐ろしい口論のあと、ライアンの狭量さにもはや耐えられないと思ったナタリーは黙って荷物をまとめて家を出、カスタートンの実家に戻ってしまった。そこで、秘密を誓わせられた父とアンドレアは娘の所在について知らぬ存ぜぬを通したのである。

実家に戻って数週間もしないうちに、妊娠していることがわかった。彼女は周囲の猛反対にもかかわらずライアンには内緒にし続け、来た手紙も開封せずに破り捨て、一カ月後には和解の意思はまったくないこと、及び今後一切の接触を断ちたい旨をメルボルンの弁護士を通してライアンに通告したのである。

以来、世間とはほとんど没交渉のひっそりした生活を送ってミシェルの誕生までの時間を切り抜けた。そして、生まれたあとはその子を唯一の生きがいとして献身的な母の愛を注いできたのである。

4

旅はまだ途中だ。ナタリーは身じまいをすませ、ミシェルの用を足してからライアンの待つ空港のロビーに戻った。

「行くかい？」

彼女はただうなずいた。喉が詰まって声が出なかったのだ。だが、鋪装道路《ターマック》に出てジェット機に乗り込む段になってようやく低い声でこう言った。

「わたしが進んで捕虜になるなんて、絶対に思わないでちょうだい」

「おいおい、そんなこと考えたこともないよ」ライアンはあざけるような視線をちらっと投げた。

狭いキャビンに入ると、ナタリーはいすにぐったりと腰をおろし、ミシェルを座らせてシートベルトを締めた。真向かいに座っているライアンの存在がひどく気になる。

小型の飛行機は滑走路を、すべるように走り始めた。

「わたしが突然マーシャル家に戻ることを、どう説明するつもりなの？　あなたの最近の……恋人は、別れた妻が戻って来ることを面白く思わないでしょう」

機内がしんと静まり返り、緊張が極度に高まった。

「別れた妻、だって？」

きいんというかん高いエンジンの音。ナタリーは飛行機が離陸するまで待たねばならなかった。

「わたしたちは三年間も離れて暮らしてきたのよ。だから〝別れた〟でしょ？」

「ぼくは〝仲たがいしていた〟と言いたいね」

ナタリーは深いため息をついた。「それで、今度仲直りすることについてどう説明するつもり？　もっともらしく見せるためには、二人で口裏を合わせなきゃならないでしょう」

「私生活について他人にいちいち説明する必要はない」ライアンはきっぱりと言いきった。

「じゃあ、ミシェルのことは？　この子の存在に驚く人はきっと大勢いるでしょう」

「まるで気にならないね」

小さな悪魔がなおも彼女をけしかける。「もし、あなたの子じゃないんじゃないか、ってほのめかされたら？」

ライアンのあごの筋肉がこわばった。目が冷たい怒りで燃えている。「ミシェルがいてありがたいと思うんだな。もし一緒じゃなかったら、半殺しの目にあわせるところだ」

「妬いてるの、ライアン？」

彼は恐ろしい形相で必死にかんしゃくを抑えようとしている。「二人きりになったら、そこまで大胆になれるかね？」

「どうするつもり？」胃がぴくぴくけいれんし始めている。彼が憎い。「とうとう見つけ出したから、恐ろしい拷問にかけようっていうの？」

「そんなふうに考えてるのか」

「わたし、なんだか、学校をさぼって校長先生の前に引きずり出された反抗的な子供のような気がしてるものだから」ナタリーが弁解すると、ライアンはまったくおかしくもなさそうに、しゃがれた笑い声をたてた。

「その比喩《ひゆ》が当たっているとは思わないがね」

「そうでしょうね」彼女はあきらめ顔でため息をつき、ミシェルを振り返ってシートベルトを確かめた。

子供は幸いにもお気に入りのおもちゃに夢中になっている。

ジェット機は着実にナタリーを別世界へと運んで行く。彼女は不安で体が震え出しそうだった。あのテンポの速い生活についてゆけるだろうか……パーティやディナーの際限のない繰り返し……。更に重要なのは、ライアンの友人、知人仲間を形成している人々とのつき合いだが、これらすべてに果たしてうまく対処してゆけるだろうか？　薄っぺらな魅惑的な見せかけの下に渦巻いている、人を陥れんがための中傷や、人を差別する態度など……どうにもなじめそうにない……。

「考え直す気かい？」

ナタリーは振り向いたが、ライアンの鋭い視線は用心深く避けた。冷たいあきらめが骨の髄にまでしみ込んできて、二度と引き返すことのできない旅に出てしまったのだという感慨が胸を打った。

夕闇《ゆうやみ》が空をオパール色に染め始めたころ、ジェット機はクーランガッタ空港の上空を旋回して着陸態勢に入った。

美しいダイムラーが、駐車場の入口近くに一台だけ離れて、さん然と輝いていた。

「フェラーリはどうしたの？」

「まだ使っている。だが、あれは小さな子供と荷物をのせるには不向きだろう」ライアンが黒い瞳を投げて、そっけなく言った。

「じゃあ、ジェンキンズはダイムラーを買い物に使っているの？」

「実際、そうだな」

「まあ、ますます富豪におなりなのね」

「悪いのかい？」眉がぴくんと上がった。

悪いなどとどうして言えよう？　彼は若いうちから一生懸命働いてきたのだ。働いて得たお金を全部土地の役資につぎ込んで、やがてビルを建てたり売ったりしながら再投資のための資金を作った。そして、使用人一人から出発して、いまやコースト最大の建設会社の社長にまでなった。ライアン・マーシャルは苦労して得た成功に十分値する男なのだ。

ミシェルが泣き始めた。しくしくやり出したかと思うとあっという間に大声で泣き始め、手がつけられなくなった。

「おなかがすいてるのよ。今日は昼寝もしてないし」

「三十分で家に着くよ」ライアンはすぐに車を、切れ目なく流れている往来に乗り入れ、大通りを北に向かって走らせ始めた。ミシェルはビスケットをもらって泣きやみ、車は速やかにバーリーを通過した。

すると、ほどなく、暮れなずむスカイラインに高いビルが林立し始め、そのビルの無数のライトが、車が近づこうとしている観光地のまばゆいネオンと競い合って、街全体を美しいおとぎの国と化していく。

「シェブロン島にはまた新しい超高層ビルが建ったんだよ」あるビルの明るい玄関先を通り過ぎた時、ライアンが言った。それからすぐ速度を落としてシェブロン橋を渡った。

クローニン島に着くとダイムラーは門を通り抜けた。点灯された車道の明かりが美しい庭に影を投じ、やがて車は堂々たる玄関先に停止した。

「八時にディナーにするようにマーサに言ってある」と言って、彼は車から降り、ナタリーの側のドアを開けようとぐるっと回って来た。「八時なら、ミシェルに食事をさせ、風呂に入れて寝かしつける時間が十分とれるだろうと思ってね」

ナタリーはぎくっとした。ベッド、正確にはライアンのベッドという言葉の呼び起こした連想に。そして、そのベッドを、共にするんだと彼が主張するだろう事実に、胃の筋肉がぎゅっと収縮するのを感じた。

「場所が変わると、すぐには寝つかないかもしれないわ」彼女は子供を揺すりながら言った。「シャワーをお借りして着替えたいんだけど、いいかしら？」

「ここは君の家だよ、ナタリー」

「いいえ。あなたがわたしを無理やり住まわせようとしている家よ」彼女はひややかに訂正した。

ライアンは表情を変えなかった。「中へ入ろうか。マーサとジェンキンズが待ちかねているよ。早く友情を復活させたい、とね」

ナタリーが精いっぱいの微笑をつくりながら、彼の先に立って踏み段を二、三段上った時、頑丈なオーク材のパネルドアがぱっと開いた。いつもは謹厳なジェンキンズの顔が心からうれしそうににこにこしている。

「おかえりなさい。お留守の間寂しかったですよ」

「お変わりなかったようね、ジェンキンズ」きらきら躍る目の光を抑えきれずにナタリーは答えた。客の前では決して表面に出すことのない、ユーモアのセンスを備えた執事とその妻は、使用人というよりも友だちのような存在だった。彼らはライアンの所帯を実にてきぱきと愛情をこめて切り盛りしている。

「何もかも奥さまが家を出られた当時のままにしてありますよ」ジェンキンズが言って、ミシェルを物珍しげに眺めた。「マーサがお嬢ちゃまのためにお部屋の真向かいの部屋を用意しました。それに、お食事ももうできていますから、いつでも差し上げてください」

「ありがとう」ナタリーは心から礼を言った。

ジェンキンズの言ったとおりだわ――ナタリーは二階に上がるとすぐにそう思った。何ひとつ変わっていなかった。バスルームに置かれているタオルの色さえも。あたかも幽霊にでも出会ったかのようによみがえってきた思い出に、彼女は慄然《りつぜん》とした。目を閉じただけで、あの短かった笑いと愛に満ちた数カ月――夢想だにできなかったほど愛し、愛されてこの家で過ごした数カ月の日々がまるで昨日のことのようにまざまざと思い出された。ライアンのすばらしいリードのもとに最後の抑制まですべて捨て去ることを覚え、信じられないほどの幸せに酔ったのはここだった。けれども、その時でさえ、この美しい時間がいつか壊れるだろうという予感はあった。でも、それは、あまりにもふいにやってきたのだ。そのあとに起こる苦しみや長く続くすさまじい苦悩に対する備えが何もないうちに……だから、手負いの動物のように逃げ出して、傷がいえるまで隠れ住むほかなかった……。

いま、再びこの場所へ戻って来て、ナタリーは自分がこの家を出なければならなかった理由をいっそうはっきり思い知らされることになった。これほど彼を憎みながら、ひとつ家《や》にどうして一緒に住めようか？　目覚めている時間の一分一秒、自分が傷つけられたと同じように彼を傷つけたいと思わないだろうか？　もしそうなら結果は悲惨なものとなるだろう——ミシェルを巻き込んで……。子供は愛情あふれる環境で、きびしいしつけを受けて育つべきであって、絶対に二人の人間の抗争の具にされたりしてはならない。

ああ……ナタリーはうめいた。ライアンは自分がすべての切り札を握っていると確信している。もう一度逃げ出すわけにはゆかないのだ……。

ミシェルのむずかる声でナタリーははっと我に返った。毅然《きぜん》とした笑みをたたえて子供の用をすませると、腕に抱き上げて階下《した》へ行った。

ライアンの姿はなかった。ナタリーはほっとしてキッチンに向かう間、マーサと再び顔を合わせることにかすかな緊張を覚えた。

「まあ、かわいらしい！」ミシェルを見たとたん、マーサは歓声をあげてほほ笑んだ。

少女は野菜の最後のひと口を口に入れると、体を前後に揺すってテーブルから離れたがった。

「二階でお風呂に入れてくるわ」ナタリーは子供を抱き上げた。「そのあと温かいミルクをあげれば眠るでしょう」戸口に立つと、ミシェルはバイバイをしてマーサを大いに喜ばせ、それからふいに、ひどく恥ずかしげに母親の首に顔をうずめた。

お風呂の時間はいつも水をはね返して遊ぶ大好きなお遊びの時間なのだが、今夜も例外ではなかった。ナタリーはすっかり湿ってしまった自分の服をちらっと見やり、なおも水をかけようとする娘に首を振った。

「さあ、もう十分よ！」

はしゃぎ回る娘にようやくねまきを着せてベッドに入れると、ミルクを取りに行こうと部屋を出る。

階段の途中でライアンと出会った。ナタリーは彼の姿をひと目見るなり、心臓が飛び上がるのを感じた。ジャケットは脱いで、ブルーのシルクのシャツのボタンを上から三つはずし、V字形の胸もとから金色の巻き毛がのぞいている。呼吸がかすかに乱れた。彼女はライアンの体からにじみ出しているダイナミックな男らしさに身を硬くした。彼を痛いほど意識して体中の神経がぞくぞくうずき始めている。それがいやでたまらなかった。

「まるで溺《おほ》れかけた子猫みたいだな」彼はナタリーをじろじろ見回し、湿って肌にくっついているブラウスの胸のあたりをじっと見つめた。

そこで初めて彼女は、ブラジャーをつけていなかったことを思い出した。すると、その心の内を読んだかのように、彼はふふっと笑みをもらした。ナタリーのほおがぱっと染まった。彼女は小さな悲鳴をあげながら大あわてで彼の傍らをすり抜けた。いやな人！　かたかた震える両手で小鍋《こなべ》から温かいミルクをコップに移す。緊張して、極度に興奮しているようだ。

部屋に戻ってみると、ライアンがベッドの端に腰かけて娘を笑わせていた。いつものようにカーペットの上に座らせてコップを渡すと、ミシェルは途中で飲むのをやめてしまった。目がとろんとして、まぶたがいまにもくっつきそうだった。

「行って、シャワーを浴びてきたまえ」ライアンが静かに命じた。「眠ってしまうまでぼくがついてるから」

「もし泣いたら？」ナタリーが疑わしげにきくと、彼はいたずらっぽく眉をぐいと上げた。

「ぼくじゃだめだって言うのかい？　マーサが来てくれるよ」

「じゃあ、お任せするわ」彼女はミシェルにそっとキスをしてから部屋を出た。

「飲むかい？」

ラウンジに入って行くと、ナタリーは一人掛け用の安楽いすを選んで、内心かなり動揺しながらぐったりと腰をおろした。薄い褐色の液体の入った優美なクリスタルグラスを片手にして立っているライアンの姿は、たくましく、ちょっと威圧感があった。

「マルティーニをお願い」どうしても元気づけの一杯が欲しい！　グラスを受け取ると中

身を一気に飲み干して、またすぐグラスを差し出してお代わりを要求した。

アルコールのおかげで緊張がほぐれ始め、物腰にも見せかけの落ち着きが生じ始めていた。

「お互い、きちんと礼儀をわきまえてお話ししましょう」ナタリーが丁寧に切り出した。「何かさしつかえのない話題を提供していただけません？　わたしは最近世の中の動きにうとくなってるらしくて、面白い話題が思い浮かびませんので」

「君が、その、いまにもえものに飛びかかろうとしているけだものを見るような目でぼくを見るのをやめれば、そうしよう」

ナタリーはちょっと顔をしかめた。「でも、そのつもりなんじゃなくて？　あなたは自分に逆らう者を黙って許す人じゃないもの。必ず仕返しするでしょう」彼女はそこまで言って、またひと口酒を飲んだ。アルコールには思ったことをすぐ言葉に変えてしまう力があるようだ。「三年よ、ライアン。さぞかし愉快なご婦人連があなたのお相手を……その……孤独を慰めようと張り合ったことでしょうね」あの引き締まった体が、だれであれ、自分以外の別の妙齢の女性と抱き合う、と考えただけでナタリーの表情は凍りついて感情のない仮面と化した。「もっとも、わたしがいても同じことでしょうけど」

「いいかげんにしないと、あとでひどい目にあうぞ」ライアンが警告した。

「もうすでに震えているわよ」事実、彼女は震えていた。

「じゃあ、震えているがいい」彼が静かに言うと、ナタリーはさっと立ち上がった。

「食欲がなくなってしまったわ。実際、食べても喉を通りそうにないわ」と言って彼女はくるりと背を向けた。だが、三歩も行かぬうちに力強い手で両腕をぎゅっとつかまれ、引き留められて、くるりと回されてしまった。

「おい、よせ」ナタリーが身をもがくとライアンの目が細まった。「ここにいろ、後生だから!」指が柔らかい腕に食い込む。

「痛いわよ!」心から痛そうな悲鳴をあげると、彼はののしりながら手を離した。

「これが三年前なら、ちゅうちょなく殺していたところだ」

ナタリーはごくりとつばを飲み込んだ。「わたしがあの時どう感じたか、あなた、わかってるの?」彼女は震える声で言い始めた。「あなたがそれまで見せていた〝誠実な夫〟のイメージが文字どおりただのイメージにすぎなかったってわかった時……」目は怒りに燃えている。「それこそただの漠然とした、ありもしないものにすぎなかったのよ……わたしはいいかもだったのね……ほんとに世間知らずの赤ちゃんだった。あなたは、全部を手に入れた……そして、わたしは……愚かなわたしはそれを愛だと信じ込んだのよ!」声に自嘲《じちょう》の響きが忍び込んだ。「きっとプロポーズされてびっくりしちゃったのね……だって、あの美人のシモーヌの話だと、それまであなたはプロポーズしたことが無かったそうだから」

ライアンの口もとが皮肉っぽく上がった。「君はシモーヌの暴露話を、侮辱された女の怒りほど恐ろしいものはない、という格言に照らして考えてみなかったのかい？」

「最初は……そうも思ったわ。あなたを手に入れるためにはなんでもやる人だと。そう言ったのがシモーヌだけだったらね……」彼女はちょっと口ごもった。「でも、熱烈な二人の関係を喜んで証言しようって人がほかにも大勢いたわ。わたしは、そういう言葉の刃《やいば》で人の心をぐさりと突き刺す、意地悪な妬《ねた》み深い女に囲まれてたのよ。証拠さえ突きつけられたわ。それに、いわゆるおつき合いのディナーなるものがシモーヌとの……情事を隠すための口実だったことを、自分自身で確かめたことだってあったわ」

長い沈黙のあと、やっとライアンが口を開いた。ナタリーは、その穏やかな口ぶりの裏に氷のような冷たい怒りが潜んでいるのを感じ取り、身震いした。

「まったく、君というやつは神の怒りを買おうと夢中になってるみたいだな。もっとも、神のほうがぼくよりずっと忍耐強いのは間違いないが」

ナタリーは一瞬、殴られるのではないかとはっとした。ゆっくりグラスを空けて、それを近くのテーブルの上に置く。

「失礼して部屋に引き取らせていただくわ」

「食事をするんだ……一緒に」ライアンは荒々しく命じてきっとにらみつけ、彼女の口答えを封じた。「君は朝も昼もほとんど食べていない」ナタリーのほっそりした体の線をじろりと眺め回して腹だたしげにつぶやく。「まるで骨と皮みたいじゃないか」

「ほっといてちょうだい！　わたしは豊満とは縁のないタイプなんだから」

「マーサの手料理を二、三度食べればすぐに必要な目方はつくさ」彼は乱暴に言って、彼女を食堂に導き、席に着かせ、ワインのコルクを抜いて彼女のグラスについだ。

「乾杯！」

ナタリーはそれには応《こた》えず無言でグラスの中身をすすりながら、食卓に並べられたいろいろな食器類を眺めた。白のダマスク織りのクロスの上には微光を放つ銀器と美しい骨灰《ボーン》磁器《チャイナ》が並べられており、マーサの生けた中央の花が美しい大燭台を見事に引き立てている。

ナタリーの好みをききもせずに、ライアンはそれぞれの皿から彼女の皿に少しずつ取り分けた。

「せっかくマーサが君の帰還を祝って用意してくれたんだ。食べなかったら気を悪くするだろう」

時間をかけてやっとの思いで食べ終えると、ナタリーはほっとして、もう少しでいすの背もたれにどしんとよりかかりそうになった。胃の中が、消化しようと大混乱を起こし始めている。ライアンから逃れたくて彼女は矢も盾もたまらなくなった。

こわばった笑みを浮かべ、彼女はナプキンをたたんで立ち上がった。「コーヒーは失礼させていただくわ」

「そんなにあわててベッドに行くの？　ナタリー」

体の中が震え始めた。が、かろうじて声は平静に保った。「朝早くから旅をしてきたんですもの。疲れたわ」びくびくしながら、彼女は内心、更にこうつけ加えた――あなたに、だけじゃなく、気まぐれなわたし自身の感情にも……。

「どのベッドで寝るのか、わかってるのかい？」彼が不気味なほど静かな口調できいた。

「初めての家じゃないのよ……お忘れ？」

部屋に戻ると、ナタリーは化粧を落とし、慣れた手順で寝支度にかかった。大きなベッドが無言で自分をあざ笑っているような気がした。見まい……それが意味するあらゆることを考えまい、と固く目を閉じる。先にベッドに入ってライアンが現れるのを待つ……そんなことできそうにない、絶対にできない！　じゃあ、どこへ逃げようっていうの？――心の中の小鬼が彼女をあざけった――この大きな家の中にお前が隠れる場所なんてどこにもありはしないよ。だからって外へ逃げ出そうなんて考えたら、それこそひどい目にあうだけだ、と。

機械的にベッドに近づいて枕もとのランプをつけ、それから部屋の明かりを消した。気持がそわそわして何も手につかなかった。絶望に打ちのめされそうな気分で、我知らず部屋の中を行ったり来たりし始める。まるで最終判決を待ち受けている囚人のような気分だ。

ああ、彼が事を急ぐとしたら、それまでだ。それですべては終わってしまうのだ！　だが、なんという残酷な、感情をずたずたに痛めつけるゲームだろう！　復讐《ふくしゅう》としてこれほど残酷な、効果的なやり方はあるまい。ナタリーはこれほどまでに痛めつけられたことはなかった……。

ライアンが憎い！　聞き取れないほどの小さな声で彼女はののしった。激しい怒りが一気に噴き上げてきた。一体、自分をなんだと思ってるのかしら……封建領主？　わたしが震えながらお恵みに感謝するとでも？　まるで悪魔を待つような気分で彼が現れるのを待っているなんて！

しゅっしゅっという柔らかな絹のすれる音だけが、ナタリーの動きを示していた。彼女はさっと部屋から出ると、ためらいもなく廊下の一番突き当たりにある客用寝室へと急いだ。

ひやっとした繻子《しゅす》のシーツがとても贅沢《ぜいたく》な感触だった。枕に頭をのせ、どうか眠れますようにと祈りながら目をつぶる。だが、所詮《しょせん》無理だった。眠けを誘われるにはあまりにも多くの思い出で頭がいっぱいで、眠れぬままに彼女は寝返りを打ち続けた。

ライアンがいつ部屋に入って来たのか、定かではなかった。だが、彼がそこにいる、と第六感が知らせた。まっすぐベッドに近づいて来る……ナタリーはまるで魅入られたかのようにその姿をじっと見守る。

薄暗がりの中で、それはそびえ立つように高く、ぞっとするほど大きかった。カーテンのすきまから流れ込んでいる細い月光を浴びて力強い輪郭をくっきりと描いている。面立ちは、見るからに険しい。

「ばかなやつだな」彼は不気味なほど静かな声音で言うと、いとも簡単にカバーをはぎ取り、ナタリーを両腕に抱き上げた。

「おろして！」ナタリーは声をひそめて叫び、こぶしで固い胸をたたき始めた。「歩けるんだから！」

主寝室に戻ると、ライアンはナタリーを床に立たせた。両手が肩をわしづかみにしたとたん、彼女は痛さのあまり、あっと悲鳴をあげた。

「どうして、自分で事態をますます悪くするようなことをするんだ」憤怒で目がかげっている。ナタリーは夢中で言い返した。

「あなた、ほんとに、わたしがここで待ってると思ったの？」声が怒りで震えている。

「やれやれ、一体ぼくをなんだと思ってるんだい？　マゾヒストとでも？　ぼくは、かわいい従順な女の子がぼくのこの腕の中で魅力的な奔放な女に変身したのを、まるで昨日のことのように覚えているよ」

ナタリーはふいに喉が詰まりそうになった。やっとのことで目を上げ、彼の目をにらみつける。「その子は大人になったわ——あなたがそうさせたのよ……自分で」

ライアンは目を細めた。抑制のきいた表情の裏に怒りが潜んでいるのが読み取れた。

「どこまでもぼくに抵抗する気だな」

「それ以外の何を期待してるの？」

「同意、じゃなさそうだな」彼が皮肉っぽく言うと、ナタリーは深刻な灰色の目を上げ、彫りの深い顔から彼の意図を探ろうとした。

「いや応なくするつもりなのね？」

「よくわかってるな」

「なぜなの？　一体、どんな満足が引き出せるっていうの？」

「そんなこと、君の知ったことじゃないよ」ライアンがあざけった。体を、ライアンの体に両手でぴったり押しつけられていたので、彼が興奮しているのがわかりすぎるほどわかった。

「欲望の対象にされるなんてまっぴらよ！」

温かい息がこめかみをくすぐり、ブロンドの巻き毛をほつれさせた。「憎まれ口ばかりきいていないで、もっと気を楽にしたらどうだ」

「そのほうが、都合がいいからでしょ？」彼女はライアンの目をきっとにらみつけた。

「おあいにくさま。わたしはそこまでお人よしじゃないわよ」

金色の目が敵意できらりと光った。「悪魔さえもそそのかしかねないやつだな」

ナタリーは動揺したが、声は必死に平静を装おうとした。「それ、どういう意味？　どうでも復讐せずにはおかないってこと？」

「一体、君は何が言いたいんだ？」両手がきゃしゃな肩をわしづかみにした。ナタリーはあまりの痛さに思わずひるんだ。「君を懲らしめてやりたくてうずうずしてるんだ」ライアンが手荒く揺すぶった。

「わたしが懲らしめを受けてないとでも思ってるの？　実家に戻って結婚の失敗を認めるのも楽じゃなかったし、夫の支えなしにひとりで妊娠に耐えてゆくのも、それこそ楽じゃなかったわ。産みの苦しみに耐えていた最中、どんなにあなたを呪《のろ》ったことか……帝王切開で産んだのよ」その時の苦しみを思い出してナタリーの瞳がくもった。「二年以上もの間、あなたにミシェルの存在を知られやしないかと、それはもうびくびくしながら暮らしてきたわ。もし知られたら、無理やり引き離されることがわかっていたから。誓って言うわ、ライアン……わたしは十分懲らしめを受けたわ！」

　両手にぎゅっと力が入ったので、彼女は思わず悲鳴をあげた。が、押し殺した声でののしりながらライアンは彼女を押しのけた。あごの筋肉がこわばっている。ナタリーは、かろうじて自制している彼の怒りのすさまじさにぞっと身の毛がよだった。

「ちくしょう、ナタリー！」ついに感情が爆発した。「一体、ぼくにどうしろって言うんだ！　君を妊娠させたことを謝れ、って言うのか！　よその父親のようにそばについてやらなかったことを謝れ、って言うのかい？」目が暗い苦渋に満ちている。「君がそうする機会を奪ったんじゃないか！」

「じゃあ、もし、知らせてたら？　あなたは、わたしがあなたと張り合う力を回復しないうちに、敏腕の弁護士をそろえて、ミシェルを取り上げていたでしょう！」

無限に思われた数秒間、ライアンはその場に立ち尽くしたままじっと彼女を見つめていた。不可解な仮面のような表情で。だが、やがて聞き取れないくらいのせせら笑いをもらした。「ずい分見損なわれたものだな」

ナタリーは喉にこみあげてきた塊を必死の思いでのみ下した。「そうとしか、思いようがなかったもの……」

「だが、君はいま、ここにいる。ぼくの意志で。いい夢を見たまえ」突き刺すような視線を浴びせ、皮肉っぽい静かな口調でそう言うと、ライアンはくるりと背を向けて戸口に向かい、振り向きもせずに寝室から出て行った。

5

あくる朝、ナタリーは弱い流水の音で目が覚めた。隣のバスルームをだれかが使っているらしい。時計をちらっと見やると、まだ六時。低いうめき声をあげて彼女は枕で頭を押さえた。

だが、すぐにすっかり目が覚めてしまい、意識がはっきりした。この寝室と隣り合わせのバスルームを使う人間はただ一人しかいない……。はっとしてベッドの傍らを見やる。カバーがはねのけられ、枕にはくっきりとへこみがついていた。

「あなた、ここで寝たのね！」ライアンが姿を現すなり、彼女はヒステリックな声でなじった。

さっぱりして、見るからに元気そうだ。腰にタオルを無造作にひっかけただけの筋肉質の体はむちのようにしなやかで、いかにも男らしい。

「ぼくの部屋で、ぼくのベッドだ。ほかのどこで寝ろって言うんだ？」

「いくらでも部屋があるでしょ？」自分をじろじろ眺め回している視線に気づいて、ナタリーはあわててシーツをあごまで引っ張り上げた。

「そんなことをして、ジェンキンズとマーサに不審に思われてもいいのかい？」

「習慣はあくまでも守る、ってわけね」あからさまな皮肉をこめてあざけりながら、彼女は内心すっかり動揺していた。丸ひと晩、同じベッドで彼と寝たのだ。しかも、そのことにまるで気がつかなかったなんて！

「君はここにいるべきだ。新しい事態に慣れるのが早ければ早いほどいい」

「わたしが心の底からいやだと思っても？」

「じゃあ、考え直すかい？」ライアンの表情が冷たいあざけりを帯びた。まるで豹《ひょう》のような悠々とした歩き方で彼は大きな衣装戸棚に歩み寄り、下着を引っ張り出して着始めた。

ナタリーはあわてて目をそむけた。ライアンの唇から低い忍び笑いがもれる。彼女のほおがほんのりと染まった。

「もう見ても大丈夫だよ」彼がばかにしたように言うと、ナタリーはさっと振り向いた。目が怒りに燃えている。

「ここから出て行ってちょうだい！」

ライアンはシャツのボタンをはめ、それをスエードのスラックスの中に押し込んだ。からかうような表情を浮かべて。「なぜだ？」

激しい怒りが身内から溶けた溶岩のように噴き上げてきた。「わたしがベッドから出たいからよ。それが理由よ！」

小ばかにしたように片方の眉がぐいと上がる。「おやおや、ナタリー……恥ずかしいのかい？」口もとにかすかな笑みが浮かんでいる。「結婚して三年もたち、ぼくの子供も産んで、いまさら？」

「夫婦として暮らしたのはたったの三カ月よ。わかってるくせに！」

ライアンの目が一瞬細まった。「すぐに埋め合わせをするつもりだ」

「そうはさせないわ」ご立派な言葉！　彼の圧倒的な力と自在に操るテクニックの前で勝ち目はないのに……。

その心の内をまるで見抜いたかのように、ライアンは薄笑いを浮かべた。「ぼくを押しとどめることができると、本気で思っているのかい？」

「いいえ」彼女はしっかりした口調で答えた。「でも、氷の塊を抱いても楽しくはないでしょう」

ライアンの険しいひややかな目の奥に、ある強い決意が宿った。それを読み取った瞬間、彼女はうろたえ、無言の悲鳴を押し殺した。

ライアンはゆっくりした動作でシャツのボタンをはずしにかかった。はずすと、それをズボンのベルトから引き抜いた。指がファスナーをおろした瞬間、彼女は信じられないというように叫んだ。

「何をするつもりなの？」

ライアンが脱いだ服をぽいと手近のいすの上にほうり投げると、ナタリーの目は恐怖で見開かれ、喉が絞めつけられて、そうでなければ当然もれていたはずの悲鳴がその奥に消えた。ライアンは暗い燃えるようなまなざしをナタリーに注いだまま、ゆっくりベッドの方に近づいて来る……。

「やめて……お願い！」喉から絞り出すような苦しげな声がささやいた。だが、手がのび、握り締めていたシーツがはぎ取られた瞬間、彼女は大きな悲鳴をあげた。

絹の薄物をまとっただけの体を、ライアンのまなざしが値踏みするかのようにゆっくりと眺め回す。ナタリーはあわてて大きなベッドからおりようとしたが、たやすくつかまえられ、押さえつけられてしまった。

ナタリーは逃れようと必死にもがき、体をねじって彼を打とうとした。がっちりした肩といわず、肋骨《ろっこつ》といわず、胸といわず、手の届くところならどこでもこぶしでむちゃくちゃに打ち始めた。けれども、ライアンは楽々とまず片方の腕をつかみ、次にもう片方の腕をつかんで両手とも頭上に上げてしまった。

「あなたは救いがたい悪魔だわ！」

トパーズ色の瞳が隠れた怒りできらきら光っている。「いつまで氷でいられるか、試してみようじゃないか、ぼくのかわいい奥さん《マイ・スイート・ワイフ》」ナタリーはあっと声をあげた。彼が片手をナイトドレスの襟もとに当てたかと思うや、すそまでさっと一気に引き裂いてしまったからだ。

「なんてことするの！」ナタリーが悲痛な声でささやくと、彼はあごをつかんで無理やり持ち上げた。

「どうでもいい布切れを破いたってことかい？」口もとがゆがんで苦笑がもれた。「引き出しに、代わりが、君が残していったそっくりそのままあるよ」視線が彼女の体をくまなく見回し始める。その値踏みするかのような鋭い目の下でナタリーは苦しげに身をよじった。

「あなたを憎む……」言葉が途切れた。口を猛烈なキスでふさがれてしまったからだ。強引に唇を割られて中を荒らされるとナタリーの口から声にならないかすかなうめき声がもれた。そのあまりの荒々しさに感覚はショックを受け、すっかり麻痺《まひ》してしまったので、やさしい感じのキスに代わっても、彼女はほとんどそれと気づかなかった。

やがて彼の唇は軽い羽毛のようなタッチでナタリーの感じやすい体のあらゆるくぼみを愛撫《あいぶ》し始めた。かつてナタリーを恍惚《こうこつ》の境へと導いたあの懐かしい道をたどって。唇がばら色の頂をもった乳房の片方を執拗《しつよう》に愛撫する。ナタリーは目を固く閉じ、体に反応させまいと決心した。けれども、すでに全身が制御できない感情で震え始めていた。

それでも足りずに、ライアンの唇はまたもや彼女の唇を求め、今度は感じないではいられないような繊細で魅惑的なキスをした。

最初胃のあたりで始まったうずきがしだいに腰にまで広がっていった。ナタリーは、血管の中を駆けめぐり、全身を包み込もうとしている情熱の炎と、それに絶対に屈しまいとする理性との間で真っ二つに引き裂かれた。

ライアンは完全な技巧を駆使して繊細な感覚をかき鳴らし、ナタリーが絶対に見せまいと誓ったまさにその反応を引き出した。ライアンの体でしかいやされることのない解放を乞《こ》い求める自分の声にはほとんど気づかぬうちに、ついに歓《よろこ》びは頂点に達し、そして、やがてひいてゆき、気がついた時にはライアンの傍らに静かに横たわっていた。

「あなたなんか大嫌いよ」離れようともがきながらナタリーは震え声で言った。

「静かに！」耳もとでしゃがれ声が命じた。長い髪をなでつけている手のしぐさが妙にやさしい。

「ばか……ばか！」唇がひとりでに震え始め、弱々しい呪《のろ》いの言葉をつぶやいていた。内からせり上げてくる憎しみで両の瞳がきらきら光っている。苦しめられ、拷問にかけられ――何よりも悔しいことに――だまし打ちにされたような気がした。「あなたは最初から……こうするつもりだったのね？」

「そうだ」彼は荒々しい語調であっさり認め、あごをつかんでナタリーの顔を自分の方に振り向けた。「このことでぼくを憎みたいなら憎め。だが、いずれは同じことだ」

「もっと時間をくださるべきだったわ」

「挑発しておいて、あとはいや、ってわけかい？」有無を言わせぬ顔にははっきりと侮蔑《ぶべつ》の色が浮かんでいる。「ぼくは絶対に人の指図は受けないよ、ナタリー……たとえ、君の、でもね」

「よくもそんなひどいことを！」喉を詰まらせながら彼女が叫ぶと、ライアンの目が物思わしげに細まった。

「だが、君は、体を許さずにわざとぼくをけしかける、というのが楽しいんだろう。それが、たぶん、ぼくに対する一種の復讐《ふくしゅう》になると考えてるんだろうな」

「そして、あなたは利己的な人間だから、権力をふるうのは自分のほうでなければ承知できない……まるで神さまか何かのようにね！」ナタリーはかっとしてやり返した。

「ぼくの性の方程式ではそれ以外の答えは出ない」

「ああ、ひどいわ！」

「争う気なら、何度でも好きなだけ相手になってやるぞ。だが、勝者は常にぼくだということを忘れるな」ライアンは冷酷に言い渡した。

「でも、もしあなたが間違ってたら？」ライアンほどの人物が誤った判断など下すはずがないではないか！「その時は敗北を認める？」

「どういうことだ、ナタリー」

「もし、事がうまくゆかなかったらどうするの?」彼女は思いきって尋ねた。「父の治療や手術がうまくゆかなかったら? その時はどうするの?」

「君が言ってるのは……ぼくが君を手放すか、という意味かい? それなら答えはノー、ノーだ」

「どうしてそんなことが言えて? 父の寿命はもう長くはないわ。それはあなたも知ってるでしょ」

あごをつかんでいる手にいっそう力が加わった。ナタリーの目に激しい苦痛の色が宿った。

「ぼくたちを結びつけているきずなはミシェルだ。君のお父さんの健康に関することはすべて単なる偶然にすぎない」

「それじゃ、あなたは絶対に……」

「離婚は認めない」ライアンがすかさず言い、更にこうつけ加えた。「いかなる形の別居もだ。覚えておきたまえ」

「でもそれは……」

「終身刑さ」冷酷に彼は明言した。ナタリーは我知らず身震いした。

「あなたって、まさに感情のないけだものよ!」

「君が憎んでる、かい、え?」

「心から！」ぴしりと言い返すと、ライアンはおかしそうに苦笑した。

「ついさっき、ぼくの腕の中で君が経験したのは、あれは憎しみなんかじゃなかったはずだが」

「たとえ体は奪われても、わたしの心は完全にわたしのものよ」

「でも、その二つがぴったり一致する時があるかもしれないだろう？」

「あり得ないわ！」

ライアンの口の端が曲がって皮肉な笑みがもれた。「そのうちわかるさ」

ナタリーはふいに喉にこみあげてきた塊をぐっとのみ下した。そして、ただの強がりからこう言った。「ご用がおすみなら、起きたいんだけれど。シャワーを浴びたいわ」

ライアンの目がふいに、怒りで細まった。彼女は瞬間仕返しされるのではないかと恐れたが、彼はなげやりに肩をすくめ、ナタリーを放した。彼女は体を隠すために最初に手に触れたものをつかんでベッドからすべりおり、隣のバスルームへと急いだ。

栓をひねり、滝のように落下するシャワーの下に入った。体のほてりを流し、石けんをふんだんにつけてライアンのこん跡を洗い落とそうとする。

ああ！　たったいま起こったこと――彼の愛撫に応《こた》えた自分の肉体の反応――を思い返したただけで、ナタリーの四肢は震え始め、体中の神経がエロティックな快感に目覚めてまたもやうずき始めるのがわかった。彼女は体の隅々までもう一度力を入れてごしごしこすってからようやくシャワーを止めた。

彼はけだもの――感情のない冷酷な野蛮人だわ！　ミシェルがひとり立ちするまでわたしが彼から逃れられないということを、ああやって思い知らせたのだ。その時ふいに、ナタリーの頭に、ぞっとするような考えが浮かんだ。もしもまた子供ができたら？　更に何年かよけいに彼に縛りつけられ、取り返しのつかないことになる……憎しみしか感じない男との耐えがたい生活を運命づけられ、自分の気持とはとうてい相容《い》れない欲望の拷問にさらされることになるのだ。ナタリーはこれほどまでに過酷な運命に対して大声で怒りを表したかった。

大急ぎで化粧をすませ、ノースリーブの涼しげなコットンのワンピースを着、髪にブラシをかけてから彼女は廊下を渡ってミシェルの部屋へと急いだ。

幼い娘の寝室には明るい朝の日ざしがいっぱいにあふれていた。戸口に立つと、すぐナタリーは部屋の奥に目をやった。そこで、ミシェルが父親といかにも楽しげに遊んでいたからだ。

「マーサがミルクをやってくれたよ」ライアンは床の上に座り込んだまま穏やかな口ぶりで言った。「朝食はあと三十分で支度ができるだろう」

ミシェルはナタリーにうれしそうな笑顔を向けてからすぐ注意を父親の方に戻した。

「ダディ、マミー、遊びましょうよ！」

昨日までダディという言葉を知らなかった子供が、環境の変化に実に見事に順応しようとしている。それをナタリーは認めないわけにはいかなかった。

「お城を作ろうとしてるんだよ。積み木を選《よ》り分けるのを手伝ってくれないかな？」ライアンが誘った。

その誘いを無視することもできた。母性本能がこぞって、ミシェルを自分の腕に抱き寄せ、足の続く限り遠くへ逃げろと叫んでいた。にもかかわらず、彼女は、これから先結局は娘の人生に大きな役割を果たすことになるライアンと幼い娘との間に芽生えかけている信頼関係をむげに打ち壊すことにためらいを覚えた。

「円いお城？　それとも四角いお城にするの？」ナタリーはかすかな笑みを浮かべて尋ね、部屋に入って来て、床にひざをついた。二人の前にはいろいろな形や大きさの木製の積み木の入った箱が置かれていた——ナタリーが初めて見るさまざまなおもちゃと一緒に。自分に子供がいたことを知ったライアンが前もって街のおもちゃ屋に出向き、たくさん注文しておいたものらしい。

「四角いほうがきっと簡単だろう」ライアンがお城の土台になる積み木を並べながら言った。ミシェルの頭越しに、一瞬、目と目が合った。とたんに喉もとの脈がどきどき打ち始めたのを、ナタリーはどうすることもできなかった。彼は唇の端をちょっと上げてほほ笑んだ。目には温かい光が宿っている。

ミシェルは二人の大人を自分の思いのままに動かすことに有頂天になった。そして、約二十分後、ライアンの肩にひょいと肩車されると、彼女はきゃっきゃっとうれしげな笑い声をたてた。

「さて、このヤングレディはおなかがすいてるな。ぼくも腹ぺこだ！」ライアンの低いくすくす笑いにナタリーは妙に気持をかき乱され、娘に向けられた満面の笑みにふと妬《ねた》ましさを覚えた。三年前はあのあけっぴろげな愛情の対象はわたしだった。そう思うと、古い傷あとがまたしても口を開いたような気がした。彼の思いやりなんて欲しくないわ……まして愛情など……。じゃあ、なぜ、こんなふうにいらいらしているの？　小さな陰うつな笑いが抑えても抑えても喉もとにこみあげてきた。まさか、自分の娘に嫉妬でもあるまいに！　ばかばかしい！

朝食後、ライアンはオフィスに出かけるものとばかり思っていたので、彼にそのつもりがないと知った時には、ナタリーは驚きの色を隠しきれなかった。妻や娘ともっとよく知り合うために、その日一日家にいるのだという。

「そんなことして大丈夫かしら？」ナタリーが思わずひとりごとをつぶやくと、ライアンがからかうような笑みを向けた。

「有能な社員を抱えているから、ぼくが一日くらい出なくてもどうということはないんだよ」

「そういう意味じゃなくて……」

「じゃあ、どういう意味だい？」

「あなたとは知り合ったばかりなのよ」彼女は無愛想に説明し始めた。「ミシェルはあなたにだんだんに慣れてゆくようにしたほうがいいと思うの。幼い子供というものはとても影響されやすいから。もしあなたが二、三日べったりこの子のそばにいて、またふいに五日も六日もいないとしたら、きっと混乱するに違いないもの」自分の言っていることが正しいという確信から声にいっそう力がこもった。「この子はまだ小さすぎてダディという言葉の意味すらわかってないわ。パッパと呼んでいたわたしの父以外はまったく男の人を知らないんですもの。ミシェルはあなたをダディと呼ぶかもしれないけれど、それはまだいまのところ意味のない単なる言葉でしかないのよ」片手でぐるりと部屋の中を指して彼女は続ける。「周りのものすべて……あまりにも贅沢《ぜいたく》すぎて、いままでのわたしたちのつつましい環境とはがらりと違うの。それに、ミシェルの部屋……あれじゃあまるでおもちゃ屋みたいじゃないの。あなたはいままでの空白の埋め合わせをしてるつもりかもしれないけれど、わたしは絶対に彼女を甘やかしたくないの」

「ぼくも君が言うように、彼女を甘やかす気は毛頭ないよ」ライアンが言った。「彼女を混乱させるという点に関しては、ぼくの意見はちょっと違うな。変化そのものが混乱を招くのであって、ぼくが二、三日一緒にいたからって、それでよけい混乱するとは、ぼくは思わないな」

「あらまあ、児童心理学もあなたのご専門？」

ライアンはかんしゃくをかろうじて抑えているといったようすだったが、危険な、だが穏やかな声音でこう言った。「ナタリー、けんかを売りたいんならぼくは受けて立つ。しかし、それは二人きりになるまで待て。子供は周りの空気に影響されやすいという君の話も、君自身が自分の言葉を裏切るようなことをするんじゃ、たいして重みがなくなるよ」

「あら、ごめんなさい。怒ると、あなたが見境がなくなることをすっかり忘れたものだから」

「おやおや。今朝の君は爪をといだ猫みたいだな」

「とても喉をごろごろ鳴らす気分じゃないわよ」ぴしゃりと言い返すと、ライアンの目にきらりといたずらっぽい光が宿った。

「だが、今朝は……」

「失敗したの」彼女はすぐさま遮った。「二度と繰り返さないわ」

「ほんとに？」

ナタリーはコーヒーの最後のひと口を飲み干して立ち上がった。「失礼していいかしら？　ちょっと新鮮な空気が吸いたいの」そう言うと彼女はライアンの方を見向きもせずに、ミシェルをいすから抱き取って足早に部屋から出て行った。

らせん階段をおりて下の階に出ると、ナタリーはプールに通じているドアの掛け金をはずして外に出た。まだ比較的早朝のこの時刻には、日ざしはそれほど強くない。彼女はミシェルをおろして手をしっかり握って歩き始めた。娘の喜ぶようすを目にしながら、ゆっくりプールの周りを回って庭のはずれにある川岸へとおりていく。大型のクルーザーが突堤の先につながれているのが見えたので、彼女はゆっくりそちらの方向に向かった。

「お船！」ミシェルがわけ知り顔で言い、更にこうつけ加えた。「ダディのお船よ」ライアン以外の一体だれがあんな船を持っているだろう！　ミシェルは自分の父親の持ち物を確実に一つ一つすべて受け入れてゆく……。それはちょっと怖いほどだった。

「ダディのお船に乗っていい？」

娘のブロンドの巻き毛を見下ろすと、驚きでまん丸くなった無邪気な目が熱心に見上げている。ナタリーはゆっくり首を左右に振った。「今日はだめよ、ダーリン」

「どうして？」

「ダディはとても忙しいからよ。また、別の日に乗せてもらいましょうね」明らかに子供の注意をそらす必要があった。彼女はとっさに気転を働かせて、プールの見晴らし台の階段の上で日なたぼっこをしている大きなとら猫を指さした。「ほら、サーシャを見に行きましょう」

「散歩は楽しかったかい？」

ライアンがガラス戸にのんびりとよりかかっていた。何げない質問に聞こえたが、ほんのちょっとした言葉の調子からナタリーは散歩の代わりに逃亡と言われたような気がした。ライアンのほうも人の心の中がわかりすぎるほどわかる人間のようだ。

「ダディのお船に乗りたいの」ミシェルがいかにも小さな子供らしく率直にねだった。言い出したらきかない娘のきかん気な性格――これは確かに父親譲りだわ――にナタリーは舌を巻いた。

「よしよし」ライアンは微笑しながらナタリーの方にちょっと問いかけるように眉を上げ、腰を落としてしゃがんだ。「みんなで乗ろう」まばたきもせず、まじめな顔で自分を見つめているミシェルのようすにライアンの目が和んだ。

「マミーがね、ダディはとても忙しいって言ったの」ミシェルが心配そうに打ち明けた。

「すばらしい朝だ。お家の中で過ごすのはもったいない。船に乗るにはもってこいの日だよ、おちびさん」彼は目に笑いじわを寄せて少女を抱き上げ、ひょいと肩車した。「さあ、マーサを捜してピクニックランチを作ってもらおう」

ナタリーは〝行きたくない〟と大声で叫びたかった。けれども、この際自分が譲るよりしようがないだろう。好むと好まざるとにかかわらず、ミシェルには父親をもっと知る権利があるのだ。そして、ライアンは、彼女ができるだけすんなりと新しい環境になじむようにと、一歩一歩着実に事を進めている。もし幼い娘に環境の変化を受け入れさせたいなら、夫婦の間に、少なくとも表面は意見の不一致があってはならない。その成否は多分にわたしの態度にかかっているのだ。しゃくだが、ライアンの言うとおりだ。どんなにささいないさかいでも、二人きりの時にとどめておかなければならない。

晩夏の強い日ざしも湾からの微風で和らげられ、その日は予報どおりの穏やかな好天となった。たっぷり食料の入ったピクニック用のバスケットを持って、三人は十時少し過ぎに家を出、ジェンキンズの運転で大型のクルーザーでネラン川に乗り出した。

ナタリーは結婚直後のあの楽しかった日々に、やはり同じように巡航に出かけたことがあった。まだ開発途上であった当時とはすっかり変わってしまった周囲の景色を、彼女は興味深げに眺めた。ことにパラダイス・ウォーターズとソレントの変化が著しい。そのあたりにはひときわ豪華な邸宅が立ち並び、凝ったデザインの建物が水面に姿を映している。緑なす美しい敷地には、形も大きさもさまざまなプール。それぞれの屋敷の突堤には数多くのモーターボートやクルーザーがつながれており、コーストの富裕な社会を立証している。

また、ポインシアナやクレマチス、バンクシャ、ハイビスカス、きょうちくとうなどの花が咲き乱れ、それらが、どの家の庭にもあるしゅろの木の、エキゾティックな背景となっている。

そこはまるで天国を絵に描《か》いたようなすばらしい景色であった。

ミシェルは景色よりもクルーザーそのものと、それを運転しているジェンキンズの手の動きのほうに心を奪われていた。二人の男の間にはさまれてちやほやされている娘を見ていると、ナタリーはつい、自分などどうでもいい存在なのだという心持ちになった。

まさにそうした気分の時に、ライアンが顔を上げて彼女の目を見つめた。虎《とら》のような目に軽いあざけりが浮かんでいる。一瞬、ナタリーは鋭い苦痛を覚えた。彼は一歩一歩、着実にミシェルの愛情の中に自分の足場を築こうとしている。まるで、自分たちを引き離すことはできないのだ、母親ひとりでは不可能なことを自分はやってやれるのだ、と強引に認めさせようとしているかのようだ。そして、彼女はといえば、もはやミシェルなしではやってゆけなくなっている。それをすべてライアンは見抜いており、そのことがまた彼女をいっそう苦しめているのだった。

ライアンがミシェルを抱いて近づいて来た。

「ほっぽり出されている気分かい？」

ナタリーはごくりとつばを飲み込んだ。「まさか！　どうして？」

ライアンは前かがみになって「うそつき」と低い声でささやいた。

いきなり唇がこめかみをこすったと思うや、そのままほおを過ぎて唇の端に、それから口にそっと触れた。そのあまりの軽さにせつない思いに駆られかけた瞬間、彼女は自分自身の感情に気づいてあわててあとずさった。両の瞳がきらきら光っている。「ミシェルが……」

「ミシェルはぼくたちの娘だ」目がいたずらっぽく笑っている。「ぼくたち二人でこの世に送り出したんだ。彼女にもいずれ、それがわかる。それがどういうことかもね」

「そんなこと教えるのは、まだ早すぎるわ」ナタリーが言うと、ライアンは白い歯をちらりとのぞかせて苦笑した。

「それはそうだな。だが、両親が愛し合ってるって証拠を見せるのは重要だよ。そう思わないかい?」

「あなたは専門家じゃなかったの?　どうしてわたしにきいたりするの?」ナタリーは言い返した。

その日の午後遅く、クルーザーはクローニン島の突堤に戻って来た。ミシェルを寝かしつけたあと、ナタリーはシャワーを使おうと廊下を渡って主寝室に入った。が、ちょうど、ライアンが服を脱いでいるところにぶつかってしまった。

「まあ!」思わず短い驚きの声をあげると、ライアンが皮肉な視線を向けた。

「ぼくたちは寝室を共同で使ってるんだよ。忘れたのかい?」

いいえ、忘れられるわけがないでしょ!　ナタリーはライアンを無視して壁面いっぱいを占めている大きな衣装戸棚に近づき、鏡張りの引き戸を開けて新しい下着を取り出した。そして、くるりと振り向いた瞬間、彼女は目を見張った。いつの間に近づいたのか、ライアンがほんの二、三十センチの所に立っていたからだ。腰の周りにタオルを巻いただけの格好で。かすかに漂う男の香りにナタリーは官能を刺激され、彼の体から発散している真の〝おとこ〟の魅力に強い衝撃を受けた。

彼は片手をのばしてあごをしっかりつかむと、顔を無理やりあおむかせて容赦のない視線を浴びせた。「子供みたいにふくれるのはよせ」

とたんに、彼女の中で怒りが爆発した。「ふくれてなんかいるもんですか！」

「そうかな？　そうは思えないな」

こんなに近くにいては危険だ――心を平静に保つにも、肉体を制御するにも。すでに体はうずき始めており、彼に触れられることを渇望《かつぼう》している。どこか体の奥深くで起こり始めたうずきが全身をゆっくり包み始め、彼女が必死に維持しようとしている抑制の糸がいまにも切れそうになっていた。

「わたし、人と、部屋を一緒に使うことに慣れてないものですから」彼女は丁寧に言おうと注意しながら弁解した。緊張で唇が薄く開き、無意識のうちに舌先で下唇をゆっくりなめている。それを見ると、例の黒みがかった金色の目に何かがぱっと燃え上がった。ナタリーはあわててしゃべろうとした。つじつまの合わない言葉が転がり出た。「驚いたのよ……だって、わたし、全然……」

「ミシェルと二年以上も同じ部屋で寝起きしてたんだろう」ライアンが遮って彼女の顔をゆっくり眺め回した。そして、ほおが染まるのを目に留めた。

「それは……意味が違うわ」

「一度味わったらやめられないだろう?」

「なんのことだか、わからないわ」ナタリーが震え声で言うと、彼は無言であざ笑った。

「うそつき!　君の体はぼくを求めているはずだ」

「だれでもと思うんでしょうけど、あなたがたった一人の……」

「君を高みに……いや、それ以上の所に連れて行ける男だと言うのかい?」ライアンはあとを続けると、両手で彼女の顔をはさんで引き寄せた。

「でも……ほかにも恋人がいたかもしれないでしょ」

瞬間、彼の目に恐ろしい憤怒がひらめいた。その目は、ナタリーが三年の歳月をかけてあれほど苦労して築き上げた堅い防御の壁を突きくずし、心の底まで見通すように彼女をにらみつけた。

「いたのか?」

自分がかつて傷つけられたように相手を傷つけてやりたいという衝動が、彼女に短い肯定の言葉を叫ばせていた。「いたわ……それがどうしたっていうの?　破廉恥な、愚かな男が喜んで次から次に言い寄って来たわよ!」

つかの間、ライアンはまるで人殺しもしかねないほど殺気だったが、やがて瞳の色がトパーズ色に落ち着いた。

「きっかり一分やるから、いまの向こう見ずな愚かしい発言を取り消すんだ。警告しておくが……今度はほんとうのことを言え！」

秒針が頭の中で容赦なく時を刻み、ついに五十何秒かになった時、ライアンの手がきゃしゃな肩に移り、砕けんばかりにつかんだ。ナタリーは痛さのあまり悲鳴をあげた。「やめて！」

ライアンは情け容赦のない恐ろしい顔つきをしていた。瞬間、ナタリーは殺されそうな気がして苦しげにあえいだ。「いないわ、だれも」すると、肩を押さえつけていた力がほんのわずかだがゆるんだ。あふれ出ようとする涙を止めようと固く目を閉じる。止めようにも、唇がぶるぶる震え始めた。彼女は無意識に両手で顔を覆った。

そうやって、どのくらいの時間がたったのだろう――ナタリーにはわからなかった。というのも、時間を超越した空虚の中に閉じ込められていたからだった。あるのはただ恐ろしい絶望ばかり……。

ゆっくり、だが実に簡単に両手はこじ開けられ、次に唇を奪われ、まるで罰だといわんばかりのむごいキスを浴びた。ライアンの口は彼女の唇に無理やり侵入し、柔らかい内部を荒らし回って血をにじませた。

それでも足りずに、彼はドレスのファスナーを下げ、薄手のコットンのドレスをすそまで引き裂いてあっという間に体からはぎ取ってしまった。次にはブラジャーの留め金をはずし、それを絨毯《じゅうたん》の上にほうり投げた。すぐスリップとショーツが続いた。

ナタリーは胸を隠そうとしっかり両手をかき合わせたが、そんな努力もむなしく、抱き上げられて、ベッドに運ばれ、シルクの上掛けの上にどさりとほうり出されてしまった。

上から見下ろしている彼の姿は大きくて信じられないほど威圧感があった。これほど怒ったライアンを見るのは初めてだった。うっ屈した情け容赦のない荒々しい目つきで裸の体をねめ回している。ナタリーは思わず縮み上がり、死んでしまいたいと思った。

「ごめんなさい。後悔してるわ」消え入るような声でつぶやくと、彼の口もとが苦々しげにゆがんだ。

「するだろうな、終わるまでには」険しい表情のままライアンは彼女の傍らに横たわり、ほっそりした体を自分の体で押さえ込んだ。唇が覆いかぶさってきた。自分が相手にどれほどの苦痛を与えているかにはまったく気づかずに、体のありとあらゆる感じやすい脈やくぼみをまさぐり、激しく愛撫し始めた。ついにナタリーの口から慈悲を乞う低いうめきがもれた。だが、唇はまたもやはい上がって彼女の唇をむさぼる。狂った生き物か何かのようにナタリーはむごい唇から逃げようと身をよじった。が、やがてそれが下の方へゆっくり下がり始めると、ナタリーは絶望のすすり泣きをあげた。

その瞬間、ナタリーはうっとりと宙を漂っていた。小さなうめき声がキスでふさがれた喉の奥に消えた。

それから、どのくらい時間がたったのだろう。ライアンはナタリーをバスルームに運んで行き、熱い針のようなシャワーの下に立たせて、全身をやさしい手つきで洗ってやり、自分も洗ってから、タオルでふいてシルクのローブに包み込んだ。

その間ずっとナタリーはされるがままにおとなしく立っていた。恐ろしい屈辱と体の奥深くでうずいている苦痛に耐えようと固く目を閉じて。声をあげて泣きたかった。だが、涙は出てこなかった。

「これを飲むんだ」

グラスのへりが唇に押しつけられる。強いが口当たりのよい酒が血管の中をめぐり、体がふわりと浮き上がるように感じた。

「一時間ほどやすみたまえ。ミシェルの世話はマーサにやらせる。今夜は食事の約束があるんだ。リックを覚えているかい？　彼が数カ月前に結婚してね。細君のリーザが君に会いたがっている。君たち、きっと仲良くなれるよ」

今夜ですって？　こんな時に人に会うなんて……。ゆっくり目を上げると、ライアンの強いまなざしとぶつかった。彼女にはもはや逆らう気力はなかった。

6

レストランは込んでいて、ざっと見回したところ席は全部ふさがっていた。

「マーシャルさま、アンドレアスさまがバーの方でお待ちでございます。どうぞこちらへ」ウエイトレスが案内に立った。ライアンはうなずいてナタリーの腰に腕を回し、中国人の少女のあとに従った。

リック・アンドレアスは一緒にいて肩の張らないライアンの数少ない友人の一人だった。メルボルンを根拠地にしている金融業者で、南クイーンズランドに出資していてコーストに定期的にやって来る。当地では最高級アパートの最上階《ペントハウス》に住んでいた。

ナタリーは気持を落ち着けようと深呼吸をした。どうか、これからの数時間、無事に切り抜けられますように！　彼女は内心では不安だったが、はた目には美しく着飾った立派な上流婦人に見えた。シルクのエメラルドグリーンのドレスは、彼女の体の曲線をきわ立たせ、軽く焼けた小麦色の肌とはっとするほど美しいブロンドの髪を見事に引き立てている。

一方、傍らのライアンはといえば、どこからどう見ても羽振りのよい堂々たる人物だった。黒っぽいスラックスをはき、クリーム色のシルクのシャツを、襟もとのボタンをはずして着ている。くつろいだ、いかにも洗練された身なりだ。いかつい表面の内側には隠された力が感じられ、それが莫大《ばくだい》な財力と結びついてとらえどころのない魅力を発し、常に人々の注意を引きつける。

「ナタリーとライアンだ」長身の黒っぽい髪の男が低い声でささやいて立ち上がった。抑揚にかすかなな、ま、りがある。

「こんにちは、リック。またお目にかかれてうれしいわ」ナタリーはにこやかな笑顔をつくってあいさつした。

「こちらこそ」リックは答えて右隣の若い女性を振り返り、得もいわれぬやさしい笑みを注いだ。「リーザ――ぼくの妻だ」

ナタリーは一瞬、その女性に対する彼の思いの深さに強い羨望《せんぼう》を覚えた。ほっそりした髪の黒い女性で、落ち着いた面立ちが、きらきら光る黒目がちの瞳のせいで生き生きと輝いて見える。

「初めまして。あなたがライアンをとりこにしている方ね」リーザは言ってライアンにいたずらっぽい目を投げた。「わたしたち、いいお友だちになれそうですわね。どうぞよろしく」

「こちらこそよろしく」ナタリーはライアンが引いたいすに腰をおろし、リックが前に置いてくれた細いワイングラスを受け取った。それは口当たりのよいリースリングで、沈みがちな彼女の気分を引き立てるのに大いに役立った。

「少し込んでいるんだが」リックが店内をざっと見回しながら言った。「料理がそれを補ってあまりあるくらいうまいんでね」ふとナタリーにやさしい視線を注いで続けた。「今夜を皮切りに、これからもぜひ、ちょくちょく会うことにしよう」

「そうしよう」ライアンが即座に答えた。彼は片手を上げてナタリーの腕を指でさすり、それから指と指をからませた。温かい目つきといい、やさしい微笑といい、はた目には彼は妻に夢中になっている夫に見えた。「パーティ続きの、例の生活が始まる前に、二人で一週間ほど水入らずで過ごそうと思ってるんだ。クルーザーで、しばらく遠い熱帯の小島にでも行くかもしれない」

リックは白い歯を見せてにやっと笑った。「知ってるよ、それがどこだか。ぼくの島だろう。必要ならいつでも使ってくれ。君のものだ」彼はいたずらっぽく笑って乾杯のしぐさをした。

ナタリーはほおが赤くなりそうになる。「あなたはちっとも変わってないのね、リック」

「いや、変わったよ」彼が謎《なぞ》めいた笑いを浮かべて言うと、リーザがふいに明るい笑い声をたてた。

「悔い改めた放蕩《ほうとう》者ほど始末の悪いものはないわ」

「ああ、ぼくはすっかり飼い慣らされてしまったよ。かつてはあれほど誇り高かったライオンが、いまや、自ら、鎖につながれようとはね」いたずらっぽい笑みをリーザに投げて、リックは言いようのないほどやさしいしぐさで彼女の手を取り、それを唇に持っていった。

「それじゃあまるで、わたしがあなたをお尻に敷いてるみたいに聞こえるわ！　実際はその反対なのに」

「料理を注文しようか？」ライアンがタイミングよく口をはさんだ。

それから数時間、会話は終始なごやかに続き、またたく間に時が過ぎた。

「デザートは？」

「もう入らないわ」ナタリーはおなかがはち切れそうだった。すると、リックはリーザの方をからかうように見やった。

「わたしももうだめ。でも、ちょっとだけバナナフリッターのクリーム添えをいただこうかな。わたし、すっかり甘党になっちゃったの」

「理由はきくだけ野暮かな？」ライアンがひやかした。瞳が笑みできらきら輝いている。

リーザはナプキンを丸めて投げつけるまねをした。

「いやな人！」彼女は笑った。「でも、あとひと月もすれば、はっきりすると思うのよ」

「すると、ぼくは子ぼんのうなおじさん、ということになるな。おめでとう」ライアンはグラスを上げて乾杯のしぐさをした。

リックがナタリーをダンスに誘った。ダンスフロアが狭い上にもう長いこと踊っていなかったので、ナタリーは最初つまずいてステップを間違えてしまった。

「謝らなくていいんだよ」彼女を引き寄せ、うまくリードしながらリックがささやいた。

「やさしいのね」ナタリーが寂しげにほほ笑むと、心の内を見透かすような鋭い視線が戻ってきた。

「君とライアンがまた一緒になったこと、喜んでいいのかい?」

一緒ですって? 彼女は胸の中で問い返した。確かにわたしたちは同じ家に住み、同じ食卓につき……ベッドさえも共にしている。でも……心は遠く離れ離れだ……。

「気にさわった?」

ナタリーは夢想から覚めた。「いいえ、とんでもない」ああ、しっかりしなければ!

「ごめんなさい。出がけにものすごい頭痛に襲われたものだから、その時飲んだ薬のせいで頭がぼうっとしてるんだわ」そして、目もとに笑みをたたえて彼女は心からこうつけ加えた。「おめでとう、リック。リーザはほんとにすばらしい人ね」

リックはだまされはしなかった。が、育ちのよさから彼はそれ以上詮索《せんさく》しようとしなかったので、それがナタリーにはこの上もなくありがたかった。

「彼女はぼくの生命《いのち》だ」深い感動を帯びたその声音に、ナタリーは思わず涙ぐみそうになった。

二人は黙ってフロアを回り、音楽がやむと、リックは彼女を席へ戻した。

ライアンの心の中は目の表情からはうかがえなかった。ナタリーは用心深く彼の視線を避け、代わりにリーザを見てちょっとほほ笑んだ。

「悲しいかな、練習不足だわ。もし、明日、リックの爪先が痛んだら私のせいよ」

「それはぼくに対するあてこすりかい、ダーリン？」ライアンが言った。

「あらまあ、どうして？　痛むのがリックのじゃなくて、あなたの爪先ならいいんだけれど」言葉のとげを微笑でくるんで彼女は言い返した。

「そういうことならすぐ始めよう」ライアンはちらりと皮肉っぽい目を投げて、グラスを空けてさっと立ち上がった。

ナタリーは自分の愚かさにあっと声をあげそうになった。ダンスなどしたくない、とりわけ、横暴な自分の夫とは。だが、ここで断ったりしたら間違いなく周囲の注目を浴びることになるだろう。それだけは絶対に避けなければ……。彼女は精いっぱい愛想よく、導かれるままにダンスフロアに出て行った。両腕に引き寄せられると、体を触れ合わせまいとして身を硬くした。

「リラックスして」ライアンがいつものぶっきらぼうな調子で命じた。

「冗談でしょう！」だが、造作なく体を彼の体に押しつけられてしまった。指が背中をまさぐり始めるとすぐ彼女は食ってかかった。「なにもそこまで我が物顔をすることはないでしょ！」

「してるかい？」唇がこめかみをこするのが感じられた。「ぼくはただ自分の本能に従ってるまでさ」

「それがどういうものか、わかってるでしょ？」言い返すと低い含み笑いが聞こえた。

「君はちっちゃな雌ぎつねみたいだな、ナタリー。自分からそそのかしておいて逃げ出す。そして、つかまりそうになると悲鳴をあげるんだ。まるでカメレオンだ。子供から女に戻ったかと思うや、ほんのちょっと挑発しただけで、またすぐ子供に戻る」

「あなたはまったく我慢のならない人ね！」ナタリーはライアンの手から逃れようともがいた。これだけ近くにいると彼の固い筋肉質の体に触れて、あたかも蛾《が》が明かりに引きつけられるように強力な〝男性〟の魅力にとらわれてしまう。神経という神経がすでに反応し始めていた。彼女は心から絶望したように頭を振りながらささやいた。「あなたが憎い、憎いわ……」

「やめろ！」ライアンが警告した。「君はもうすでに一度痛い目にあってるはずだ。またそんな目にあいたくなかったら注意するんだな」

「無理やり従わせようってわけ……どうあっても」

「人前でけんかはしたくないからな。だが、これ以上続くと、ぼくは困ったことをやりかねない」ライアンは険しい語調できっぱり言った。

「人が大勢いる所で、何かするっていってもたかがしれてるわ」瞬間、ライアンの目がかっと怒りで燃え上がった。

あっと声を出す間もなくライアンの唇が覆いかぶさってきて長々とキスし、彼のねらいどおり、ナタリーの平静は粉々に打ち砕かれ、ライアンが頭を起こした時には倒れないように彼にしがみついているのがやっとだった。彼女は恥ずかしさのあまり思わずライアンの肩に顔を伏せた。音楽が大きくなり、テンポが速くなった。だが、ライアンはフロアの端にとどまったまま席へは戻ろうとせず、ほおとほおが触れ合うほど頭を低く下げていたので、はた目には二人はきっと互いに夢中になっている恋人どうしと映ったに違いない。

無限の時が流れたかと思われたころ、ライアンはようやく腕をほどきナタリーをテーブルに戻した。感情はすっかり麻痺《まひ》して、全身が縫いぐるみの人形のようにだらんとしているような気がした。リックとリーザは何も言わないほうが賢明と考えたのだろう。四人は押し黙ってコーヒーを飲み、そして、飲み終えると同時に立ち上がった。

「お電話するわ。そのうちランチをご一緒しましょう」別れ際にリーザがそっと言った。

ナタリーは座席の枕にぐったりと頭をもたせかけて目をつぶった。身も心もずたずたになり、帰るとすぐ受けるであろう逃れられない復讐《ふくしゅう》にとても耐えられそうにない気がした。

車がガレージの中に止まると、ナタリーは無言で降り立ち、ライアンのあとについて家の中に入った。ホールを横切り階段に着くと、あきらめきった心境で一段一段上って行き、ついに主寝室に行き着いた。

背後でドアの閉まるかちりという決定的な音がした瞬間、神経がびくりと動いて耳障りな不協和音を鳴らし始めた。ナタリーは身構えるような妙な格好でさっとライアンの方に向き直った。

遠いベッドランプからさしている薄暗い明かりの中で見ると、ライアンの姿はいっそう大きく恐ろしかった。まるで威嚇するような格好で一歩一歩近づいて来る……。

ナタリーはふいに何もかもどうでもよくなった。彼を見まいと固く目をつぶった。目を開けた時には、どうかすべてが悪夢だったとわかりますように——彼女はそう一心に祈っていた。愚かな涙がまぶたの奥に湧《わ》き出し、にじみ出て、ゆっくり両のほおを流れ落ち、あごの先で止まった。

ライアンが動いたのを、ナタリーは聞いたというよりも感じた。すると、彼の指が羽毛のように軽くそっと涙のあとをなぞるのが感じられた。

「かわいいおばかさん」彼は皮肉まじりにやさしくささやき、ナタリーをあおむかせて閉じたまぶたにそっとキスした。唇はそのままこめかみにすべり、首筋へとゆっくり下がっていく。

ゆっくり、限りない注意をこめて彼はナタリーの服を脱がせた。スリップが、次にブラジャーが、そして……彼女はぶるっと身を震わせた。

美しい肌についたかすかなあざに目を留めると、ライアンは苦しげな呪《のろ》いの言葉をもらし、その痛々しい傷あとに一つ一つ唇でそっと触れ始めた。触れられるたびにナタリーの体が揺らいだ。

打ちのめされてぐったりしているにもかかわらず、体が心を裏切って反応し始めた。彼女は絶望のうめき声をあげた。「やめて……お願い！」声が苦しげなすすり泣きに変わった。「もう、とても耐えられそうにないの」

ライアンの唇が覆いかぶさってきて、下唇の線を執拗《しつよう》になぞった。「さあ、ベッドに入れてあげよう」生温かい息が口の中をくすぐる。

「でも、ひとりじゃないんでしょう？」

「ひとりがいいのかい？」

ナタリーはうなずいた。「わたし、眠りたいの」すすり泣きが、ふいに、喉にこみあげてきた。乞《こ》うてみたところで何になろう……わたしのどんな哀願にも耳を貸さぬ人だもの……。

ライアンはナタリーをさっと腕に抱き上げた。そして、大きなベッドに運んで行き、彼女を横たえた。衣服のすれ合うかすかな音が聞こえる。やがてベッドの端が沈んで、彼がそっと傍らに入って来た。暗闇《くらやみ》の中で手をのばしてナタリーを引き寄せると、彼は自分の体で彼女を包みこんで静かに揺すり始めた。最初、片手が胸の上にかぶさってきた時、ナタリーは体を硬くしたが、やがて、彼がそれ以上何もしようとしないのがわかるとしだいに緊張がほぐれ、呼吸も安定して、いつしか幸せな眠りへと落ちていった。

続く数日間はとても楽しかった。ライアンが朝の八時から夕方の六時まで留守にしたので、ナタリーは昼間、ミシェルの世話に専心できたからだ。二人は一緒にプールで泳いだり、庭や広い敷地を散策したりした。それから、ジェンキンズと一緒に——ライアンの言いつけだが——ミシェルは初めてコーストの娯楽施設の一つ、シーワールドに出かけて行った。

心をかき乱すライアンがいないので、日中はナタリーはゆっくりくつろぐことができた。ただし、彼が帰る夕方以降のことは努めて考えないようにして、の話だが。

そのうち、ナタリーは彼の帰宅時間を心待ちにするようになった。車寄せの方で車の音がしたな、と思うと、続いて玄関の閉まる音がして彼が部屋に入って来る。その一時間前にすでに食事をすませているミシェルと共に、ナタリーはラウンジで彼を迎えるのだった。そこで一緒に何か飲みながら、ライアンが二人に一日の出来事を尋ねる。ますます仲のよくなる父娘《おやこ》の関係に、ナタリーはひどく傷つけられながらも、感嘆せずにはいられなかった。七時になると、ミシェルはうれしそうな笑い声をあげながら父親の肩に乗せられて階上のベッドへと運ばれて行く。そこで、また、彼女はひとしきりはしゃいでから、やっと就寝するのだった。

　ディナーは七時三十分からだった。ミシェルを寝かしつけたあとライアンはシャワーを浴び、服を着替え、ナタリーをエスコートして食堂におりて行く。ナタリーが恐れているのはまさにこの時間であった。というのも、主な料理をまだ半分も食べ終わらぬうちに、雰囲気が険しくなり、コーヒーが出されるころには二人とも舌戦に夢中――彼一流の皮肉にナタリーはとうてい太刀打ちできなかったが――になっているからだった。

　木曜日の夜、彼女がライアンの家に戻ってからちょうど一週間目のこと、彼はバスルームから寝室へぶらりと入って来た。タオルを腰に巻きつけただけの格好で。

「もう少し気のきいたものに着替えたまえ」彼はいきなり命じた。「食事に出かける」

「どこへ?」と尋ねると、すぐさま皮肉っぽい視線が戻ってきた。

「なぜきく?」

「ひどく気のきいたものなんて、わたしは持ってないからよ。この三年の間に流行は変わったわ。最先端のファッションについてゆけるほどの余裕はなかったもの」

　ライアンの目が細まった。「どうして言わなかったんだ? ジェンキンズに、金は君がいるだけいくらでも出すように、と言っておいたはずだが」

「あら、ジェンキンズが悪いんじゃないのよ」ナタリーはすぐ弁護した。「でも、洋服代を立て替えて、とはなかなか頼みにくいわ。前に父を助けるためにあなたに援助をお願いして断られたことがあるから、もう二度とあんな屈辱的な立場に自分を置きたくないのよ」

沈黙が危険な要素をはらんだ。ナタリーは緊張し、無意識のうちに息を詰めた。やがて、ライアンがぞっとするような静かな声で言った。

「あの時はすぐに口論になった」硬いトパーズのような目が容赦なく彼女を突き刺す。

「とても応じる気にはなれなかったな」

「たぶん、わたしがもっと早くあなたに体を差し出すべきだったんでしょう」考えるより先に言葉が口から飛び出してしまった。

ライアンは、かんしゃくを抑えているようすだった。「いまの話は忘れることにしよう」

ナタリーは一瞬目をつぶり、うんざりしたように顔をそむけて静かに言った。「着替えるわ」

彼と争っても破滅を――我が身の破滅を招くだけだ。いまのうちに退却したほうがいい。肉体に加えられるあのすさまじい攻撃……あの一つ一つを、相手を刺激せずに切り抜けることがどんなに難しいか……。それがわかっているにもかかわらず、いつも無意識のうちに、心の中の小鬼にけしかけられるように新たな戦いを挑んでしまう。そして、勝つのはいつも彼。それが我慢のならぬほど悔しかった。

彼女は衣装戸棚に歩み寄り、身ごろにドレープの入った、黒のノースリーブのワンピースを選んだ。胸にも背中にも、ほぼウエストに達するV字形の大胆な切れ込みが入っている。かかとの高いサンダルで背を高く見せ、首に祖母の形見の銀のロケットをかけた。

「どこへ行くの？」

ライアンのフェラーリはすでにシェブロン橋を渡り、ゴルフ場を過ぎて丘陵地帯を西へと向かっていた。

「ネランだ」

「まあ、それだけしか教えてくださらないの！」

「古い家を改装したレストランがあるんだ。料理がうまくて、静かで居心地がいい。ちょっと変わった所だ。楽しめると思うよ」ライアンは目を道路の前方に向けたまま説明した。

車の強力なヘッドライトが周囲の低木に覆われた地勢と開発された宅地とを交互に浮び上がらせていた。ナタリーは興味深げに見入った。この前、この道路を走った時には家はほとんど見当たらなかった。なのに、いまは工場や住宅が不規則な間隔を置いて立ち並んでおり、まさにコーストのこの数年間の産業の急成長ぶりを証明している。

車を駐車場に停《と》め、これといって特徴のない、明るいネオンだけが目立つ田舎家に入ると、中は、外観とは打って変わって印象的だった。黒くすすけた木製の壁や天井、柔らかい明かり、窓を覆っている重厚なレースのカーテン、それらすべてが古風な雰囲気をかもし出している。しみ一つない白のリネン類と微光を放つ銀の食器が部屋に気品を添え、それがウエイターたちのいんぎんな物腰にぴたりと調和している。

二人のテーブルは部屋の静かな隅に用意されていた。ナタリーは極上のジャーマン・リースリングをすすりながら黒板のメニューを読んだ。

「何か特に好きなものがあるかい?」

ナタリーは例の物憂げな声のした方にちらっと目をやった。そして、ただ彼を見ただけで起こった感覚のざわめきを努めて無視しようとした。嫌悪と、それとはまったく別の感情との間を、これほど激しく振り子のように行ったり来たりするとは……。

「お魚をいただくわ。バラムンダのムニエルがいいわ、前菜抜きで」

「ぼくはもう少し腹にたまるものにするよ」ナタリーの注文を伝えながらライアンが言った。「まず、こしょうのきいたくるまえびから始めて、次がほたて貝のマッシュルーム添え、それと野菜は……ぼくはサラダはいらない。君はどう?」

「あら、サラダ、いただくわ。ありがとう」

ウエイトレスがパンの塊とガーリックパウダーのつぼをのせた小さな木製のボードを持って現れ、それをライアンの傍らに置いた。彼はパン切りナイフでパンをスライスしてバターをつけ、ナタリーの皿の上にのせた。

「あら、自分でするのに」彼女は抗議しながらそれを受け取り、すぐにかじってみた。おいしい！

「いいじゃないか。きみに親切にしたいんだから」

「まあ、この瞬間を後世のために書き残しておかなきゃね！」彼女はわざと目を丸くさせて言った。

「ワインを飲みたまえ」彼はグラスにつぎ足した。

「あなたのやり口はわかってるわ。飲ませてぼうっとさせるつもりなんでしょ。絶対に自分に逆らえないように」

ライアンは自分のグラスを持ち上げると、彼女のグラスに触れ合わせた。目がいたずらっぽくまたたいている。「乾杯！」

「飲んで大丈夫かしら？」

「なぜ？」

「破滅しそうだから」

「それがそんなにいけないことかい？」とてもやさしいきき方だった。

「そうよ」ナタリーはうなずいて悲しげに続けた。「かつてわたしはあなたに恋をしたわ。それはまるで美しいしゃぼん玉の中にいるような、うっとりした気分だった……。お日さまの光が半透明の膜に反射して、しゃぼん玉は虹《にじ》色にきらきら輝きながら天に昇って行くの。わたしだけ地上の世界から逃れて保護され、限りなく大切にされているような、そんな気分だったわ。ところが、ある日、突然、しゃぼん玉が壊れて、わたしは地べたにたたきつけられてしまった」彼女はそこで言葉を切って、グラスを持ち上げ、中の液体をじっと見つめた。「あんな経験、もう二度としたくないの」

「運命って不思議だな」長い沈黙のあと、ライアンが言った。彼は更に言葉を継ごうとしたようだったが、ウエイトレスが現れて、くるまえびの皿を前に置いたのでそれきりになってしまった。

おいしそうな匂《にお》いが鼻孔をくすぐり舌を刺激した。えびを口に運ぼうとしたライアンが、ナタリーのちょっと物欲しげな表情に気づいた。

「一つ食べてみるかい？」

ライアンはフォークを皿に戻し、汁の多そうなところを取り上げて彼女の口の中に入れた。そうやってふた口、うっとりした妙な気分で食べさせてもらいながら、ナタリーは同じ皿のものを彼と分け合って食べているということにぞくぞくするような快感を覚えた。こういうやり方で、彼は、二人が単なる食べ物以上のものを共有しているということを認めさせようとしているのではないか――ふとそう思うと、彼女はもはや心やすらかではいられなかった。

「わたしを子供扱いしているわ」彼女は震え声でささやいた。ライアンの探るような深いまなざしから目をそらすことができないまま。

「ぼくが?」その声にはからかいの調子はみじんもなかった。一瞬、ナタリーは周囲を忘れた。

あわてふためいて彼女はグラスに手をのばし、思いきって中身をすすった。ああ、一体、どうしちゃったのかしら? ワイン、料理、ライアンのしぐさ――すべてが名うての誘惑の手口ではないか。目をつぶりさえすれば、この三年間がなかったような気がする。

「パンをもう一枚どう?」

ナタリーは頭《かぶり》を振った。この時、ウエイトレスが戻って来て、ライアンの皿を片づけ、メイン・コースを二人の前に置いた。バラムンダの切り身が口の中でとろけるようで、ソースの味がまた格別だった。

「デザートは?」

ナタリーは首を横に振り、ワインの最後のひと口を飲み干した。「もういいわ、ありがとう」

彼はゆったりした動作でたばこに火をつけ、いかにも満足げにけむりを吐いた。

「まだ十時だ。コーヒーを飲んだら、ここを出て、ショーを見るかい?」

「でも、あなたは明日お仕事があるんでしょ?」ごちそうとワインを満喫し、気分がゆるんでなんとなく眠かった。

「休みを取るつもりだ」たばこのけむりに遮られて表情がわからなかった。

「何か特別なわけでも？」

「ショッピングに出かける──君とミシェルのものを買うんだ」

「わたしの服がそんなにひどいとは思わなかったわ」

「すてきだよ」黒みがかった金色の目でナタリーの服のV字形の切れ込みを値踏みするように眺めながら、ライアンは言った。「ただ、もっと数が必要だというだけだ。土曜日の夜、食事に二、三人呼ぶつもりなのでね」

ナタリーは気分が滅入っていくのを感じた。だが、残りのコーヒーをすすってから彼女はライアンに明るい笑顔を向けた。「そういうことなら、ショッピングも仕方がないわね。自分の役柄にふさわしくドレスアップしなければならないから」

「行くかい？」

帰りのドライブはとても短く思われた。行きに比べて帰りは、どうしていつもこう速く感じるのかしら──彼女はライアンのあとについて家の中に入りながら思った。

ナタリーは絨毯《じゅうたん》を踏んで階段の下まで行くと、ちょっと立ち止まってサンダルを脱ぎ、ひもを指にひっかけてぶらぶらさせながら階段を上り始めた。寝室に入ると電灯のスイッチをつけ、バスルームに行って洗顔し、歯をみがいて部屋に戻った。

ライアンが窓のそばにたたずんでいた。カーテンのすきまからガラス越しに外の景色に気を取られているようすだった。片手をポケットに突っ込んでいる。ベッドランプから投げかけられるおぼろな光の中で見ると、百九十センチの実際の身長よりずっと高く見える。

ナタリーは枕の下から薄地のナイトドレスを引っ張り出し、服を脱いでそれに着替えてから鏡台に歩み寄った。いつものように髪をとかし始めると、ブラシが手から取り上げられた。はっとして彼女は鏡の中のライアンの姿を見つめた。彼はナタリーの長い髪をゆっくりとかし始めた。

「薄いシルクの布のようだな」うっとりと魅せられたように指で髪をすくいながら、彼はつぶやいた。

そのしぐさには過去を思い出させる奇妙な懐かしさがあった。ナタリーは呼びさまされた思い出を振り払おうと目をつぶった。ライアンは髪を持ち上げ、うなじにそっと口づけした。ナタリーは不思議な催眠術にでもかかったようにじっと座ったままだった。動こうにも動けず、口をきこうにもその力がなかった。唇が喉もとの感じやすいくぼみをたどり始めると、彼女は聞き取れないほどのかすかなうめき声をあげた。しだいにうずき始めた官能に、感情がいまにも崩れそうになっている。それがわかっていても、押しとどめることができなかった。

夢うつつのうちに体を持ち上げられ、くるりと回されるのがわかった。引き締まった固い体に身をもたせかけると、唇が覆いかぶさってきた。彼女はゆっくりライアンの首筋に腕をからめた。

激しいキスに五体は甘くせつない興奮に包まれ、ついに狂おしい欲望にもだえる野生の生き物のように、彼女はライアンにむしゃぶりついた。ただひたすら満たされることのみを求めて。ライアンは値のつけられないほど高価な楽器を扱うように彼女の官能をいっぱいにかき鳴らし、ついに二人は一つとなって、歓びの頂点へと高く高く舞い上がっていった。

7

約束どおり、ライアンはあくる朝早く、ナタリーを車でサーファーズ・パラダイスに連れて行った。そこでわずかな間に、大きなダイムラーの後部座席とトランクはいろいろな包みや箱で埋まった。あまりのあわただしさに、買い物が全部終わった時には、ナタリーは軽い目まいを覚え、ライアンに誘われるままに、小さなコーヒーラウンジに入った。

「おいしい!……ところで明日のディナーにはどなたをお呼びしているの?」目が自然にライアンに引きつけられ、彼女はきかずにはいられなかった。

ライアンの目がからかうようにちょっと光った。「怖いのかい?」

「心配なの。落ち着いておもてなしができるかどうか」

「上手にやれる人はそう多くはないよ。みんな見かけだけで、内心はびくびくしてるのさ。落ち着いて見えるようになるには慣れるしかないね」

「そうでしょうね。でも、前もって知っていれば備えることもできるわ。リックとリーザは?」

「来るよ。それにリチャードソン夫妻と仕事仲間とそのパートナーたち」

「シモーヌは来ないの?」言葉がとどめるより先に飛び出してしまった。

「ぼくの知る限りでは来ないはずだ」ライアンは冷静に答えた。「もっともだれかのパートナーとしてやって来る可能性はあるがね。だが、もし彼女が現れても、君なら立派に切り抜けられると信じているよ」

翌日、ナタリーは一日中、緊張しどおしであった。まずシャワーを浴び、新しいドレスの中の一枚――ブロンドの髪と輝く肌を引き立てるピンクとライラックとグレーの微妙な配色の、柔らかいドレス――に着替えた。時間をかけて念入りに化粧し、仕上げにミス・ディオールをふんだんに吹きつけた。

「とてもすてきだよ」バスルームから出て来たライアンが言った。

「ありがとう……あなたも合格ね」黒っぽいズボンに清潔な淡い色のシャツという彼の身なりにざっと目を走らせて、ナタリーは言った。

片方の眉が皮肉っぽく上がった。「何か飲みものが欲しいだろう。階下《した》に行こうか?」

「いざ、戦いに」ナタリーがいたずらっぽくうなずくと、ライアンがひじを支えた。

約十五分後、ジェンキンズに案内されてリックとリーザがラウンジに入って来ると、彼女は心から二人を歓迎した。それからほぼ十分後には、招待した客のうち一組を除いて全員がそろった。ジェンキンズが最後の客を案内して入って来た時には、ナタリーは緊張で胃がきりきりと痛んでいた。背の高い黒っぽい髪をした男、その顔にはぼんやり見覚えがある。男の連れに目を移したとたん、胃が更に収縮した。

シモーヌ・ヴィージー――美しく結い上げた黒髪のてっぺんから外国製の靴の爪先まで、まさに洗練を絵にしたような姿だった。黒のドレスをまとい、すばらしい化粧をほどこした彼女に部屋中の視線が集まった。

続く十分間というもの、ナタリーは礼儀作法を守ることだけを考えて動いていたが、そのあとは自分でも何を言い、何をしているのかわからない状態になった。

ディナーの始まりを告げられると、彼女はほっとした。次から次に料理が出されている間、彼女はすっかり自信をなくしてしまい、自分の役割を演じきろうと必死だった。ライアンの関心を引こうとするずうずうしいシモーヌのふるまいから、とにもかくにも注意をそらしていられたのは、近くに座っていたリーザとリックのおかげである。

ライアンはといえば、そんなシモーヌに一向に取り合うようすはなかった。にもかかわらず、ナタリーはひどくいらいらして、二人の方についい目を吸い寄せられてしまうのをどうすることもできなかった。

それからあとの時間を、一体どうやって切り抜けたのだろう？　グラスに何回もお代わりしたワインに大いに助けられたのは確かだが、不思議だった。部屋も客も、何もかもすべてがすでに前に一度経験したことがあるという錯覚に陥り、かつて自分とライアンが客をもてなした――実際、その中の数人がまた今夜も来ているのだが――夜々の思い出が鮮やかによみがえってきた。

　ラウンジでコーヒーを出されたあと、一組、また一組と客が散り始め、ついに、シモーヌとゴードン・ホワイトだけが残された。

「ダーリン、ライアンと仲直りなさって、おめでとうと言わなきゃならないわね」シモーヌはそう言って、わざとらしくにっこりほほ笑んだ。だが、例の突き刺すような黒い目には、憎悪だけがはっきりと見て取れた。

「ありがとう」ナタリーはどうにか冷静に答えた。ライアンとゴードンは話に夢中になっていて、シモーヌとナタリーとの間に何が起ころうとしているのか、ほとんど気づいていなかった。

「きっと、あなたのほうが一生懸命働きかけたんでしょうね」

「そう思われるなら、それでもいいわ」

　シモーヌが手にしている細いたばこの先から薄いけむりが立ち上っている。彼女はそれを口もとに運び、深々と吸い込んでからさもおいしそうにけむりを吐いた。「彼が離婚を言い出そうとしていた矢先に、あなたが……ええと、あれ、目玉商品《ピエス・ド・レジスターンス》で彼を引き戻したってわけね。子供がつくれるってことはずい分な強みだこと」瞳が憎悪できらきら光っている。「ライアンは念のために血液型を調べるといいのに。昔、あなたよりもっと汚い手を使った人がいるのよ。なにしろ、彼、金持だから」

「少しも変わってないわね、シモーヌ」

「ええ、ダーリン……変わるつもりもないわよ！」彼女はいまいましげに言い返した。

ゴードンと話していたライアンが、目を細めてちらっと二人の方を見た。ナタリーはその目をとらえてほほ笑み、彼の傍らまで歩いて行った。

「シモーヌがもうお帰りだそうよ」そう言って彼女はゴードンの方を見やった。「お目にかかれてうれしゅうございました」

玄関のドアが閉まると同時にナタリーは階段に向かった。「お先にやすませていただくわ」

「もう飲まないのかい？」ナタリーはうつろな笑い声をあげ、くるりとライアンの方に向き直った。

「それ、飲みすぎたってこと？」

「だれがそんなこと言った？」ぶっきらぼうな彼の言い方に、抑えていた怒りが噴き上げてきた。

「何よ！　わたし、疲れているのよ。シモーヌの意地の悪いあてこすりをやり過ごしたばかりだもの。続けてあなたのまで聞く気にはなれないわ」

「彼女とはほとんど口をきいてないくせに」

「その分、あなたが十分にお相手したでしょ！」激しい剣幕で食ってかかると、ライアンの目に冷笑が浮かんだ。

「妬《や》いてるんだな、え？」

「冗談じゃないわ！」

ライアンが近づいて来るのを彼女は魅入られたようにぼんやり見つめた。

「たてつくのもいいかげんにしないか、ぼくのいとしい奥さん《マイ・ダーリン・ワイフ》」からかうように彼が言うと、いきなり、ナタリーの片手がライアンのほおめがけて飛んだ。

「おい、よせ！」穏やかにたしなめながら、彼はその手をとらえ、巧みにナタリーの背中に回してねじり上げた。

「もし、けんかしたいんなら、寝室で二人っきりの時にやろう。そうすれば結果はわかりきっている」

「あなたを心の底から憎んでるわ。ああ、どれほど憎んでいるか、あなたにはわからないでしょ！」

ライアンはひと言も答えず、彼女をさっと腕に抱き上げ、たくましい背中をこぶしでどんどんたたかれても一向に平気なようすで階段を上り始めた。そして、部屋に入るとナタリーをベッドにほうり出し、自分もそこに倒れ込んだ。

続いて起こった出来事はいまだに彼女の脳裏にぬぐい去ることができないほどはっきり

と焼きついている。必死に許しを乞《こ》いながらも、その心とは裏腹に、不実な彼女の肉体はのけぞりもだえて、無言のうちに彼を荒々しく猛々《たけだけ》しい、ほとんどレイプと変わりない情熱へと駆り立てていったのである。

ナタリーは深い眠りに落ちていった。眠っている間中絶えず、ぼんやりした夢にうなされ続けたが、目が覚めてみると、それらは何ひとつ思い出せず、ただライアンとゆうべの出来事だけが恐ろしいまでにはっきりとよみがえり、津波のように押し寄せてきた。頭をそろそろと回すと、大きなベッドに自分ひとりで寝ている。時計をちらっと見やると八時を過ぎていた。ナタリーはほっと安堵《あんど》の吐息をついた。ライアンはすでに朝食をすませて、ゴルフコースに出かけたのだろう。

彼女は起き上がるとシャワーを浴び、服に着替えて、ミシェルとその日の最初の食事をとろうと階下へおりて行った。

「泳ぎましょうよ、マミー」

朝食後、ミシェルに水泳の手ほどきをしてからデッキチェアに寝そべって濡《ぬ》れた体を日光で乾かしていると、マーサがあたふたと駆けて来るのが見えた。人のよい顔を不安にちょっとくもらせて。

「長距離電話ですよ。ミセス・マクリーンから」

ナタリーはさっと立ち上がった。「バーで受けるわ。ミシェルを見ててくださる?」

彼女の足はほとんど飛ぶようにして小石で鋪装された中庭を駆け抜けた。震える指で受話器を取り上げる。「アンドレア?」

「いま、病院からなの」継母はいきなり言った。「ジョンの手術がこれから始まるところなの。手術が終わったら、またすぐにかけるわ」

「どんなぐあいなの?」

「手術はなんとか持ちこたえられそうよ。ブザーが鳴ってるわ、ナタリー。もう小銭がないの」

「次の飛行機でそちらに行くわ」思うと同時に口にしていた。電話は切れた。

彼女は受話器を置くと、電話帳を繰ってすぐに目ざす番号を探し当てた。数字をダイヤルして航空会社が出るのを待つ。

「もしもし、急ぎの用ができたんです。シドニー行きの次の便の座席を予約したいのですが。空港には一時間以内で行けます」彼女は注意深く聞き取ってから、はっきりと「ありがとう」と言った。

ああ、四十五分というのはぎりぎりの線だわ! 特にこれから荷造りという状態では!

「マーサ!」

マーサは、いやがるミシェルを豊かな胸に抱き上げて大急ぎで駆け寄って来た。

「ジェンキンズに車の用意を頼んでから荷造りを手伝ってちょうだい。クーランガッタから時間どおり飛び立つためにはちょっとした奇跡を起こさなければならないわ!」

ナタリーとミシェルが空港に着いた時には、ジェット機はすでに離陸態勢に入っていた。ジェンキンズの手助けのおかげで二人はどうやら間に合った——まさに最後の搭乗者であった。

一時間後、彼らはシドニー空港に着き、降りると同時にタクシーに飛び乗って病院に駆けつけた。

「何か知らせは?」

「まだ手術中なの。ああ、どうしたのかしら? ずい分長びいてるわ」涙がアンドレアの疲れきった青い瞳の奥に湧《わ》き上がった。ナタリーは急に継母が哀れになった。

「ほら、元気を出して。わたしもついてるわ」

アンドレアは黙ってうなずいた。

時間のたつのがひどく遅く感じられ、ミシェルの興味を適当につないでおかなければならないことがかえっていい慰めになった。会話がどうしても途絶えがちだったからだ。それからほぼ四時間ほどたったころ、白衣を着てめがねをかけた一人の男性が待合室に入って来た。アンドレアが不安げな面持ちでぱっと立ち上がった。

「ジョンは……大丈夫でしょうか? どうか……」

「ご主人はただいま回復室におられます」外科医はベテランらしく落ち着いた口調でなだ

めた。「約三十分後には病室の方に移されます。その時、シスターからほんの短時間の面会許可が出るでしょう。ですが、意識がはっきりするまでには数時間かかると思いますので、いったん帰宅して食事をされて、夕方遅く来られるとよろしいでしょう」瞳には、医者らしい温かい光が輝いている。

「手術は成功でしたの？」アンドレアは不安におののいている。ナタリーは息を止めて返事を待った。

「そうすぐには結果は出ませんよ、奥さん。成功だと断定する前には、二、三、考慮しなければならない要素がありますからね。ですが、ご主人は可能な限りの最高の医療の手にゆだねられていますから、どうかご安心ください」

それは最悪の事態を肯定も否定もしないという医師特有のあいまいな返事であった。アンドレアの苦脳が察せられた。

「わたしがついてるわよ」安心させるようにナタリーが言うと、アンドレアはこっくりうなずいて無言の感謝を表した。

「ライアンに電話をしておくほうがいいわ」

「ライアン？」そういえば、メモを残してくることさえ思いつかなかった。もっとも、マーサとジェンキンズから伝わっているだろうが。

ナタリーの口もとが苦笑でゆがんだ。この出来事も彼にとっては、単に、どんどん増えてゆくわたしの負い目がまた一つ増えるという意味しかないだろう。わたしは絶えず彼をいらだたせ、わたしもいらだっている。二人が一緒にいると必ず空気は隠れた憎悪で張り詰める。わたしは本来の性格とはまったく逆の行動に駆り立てられて、意地を張ることに夢中になってしまう。その結果ライアンを怒らせ、復讐《ふくしゅう》を受けることになるのだ……。

「電話は夜、ホテルからするわ」

「どこに宿をとったの？」アンドレアがぼんやり尋ねた。

「……まだこれから探すの。空港からまっすぐこちらへ来たものだから。受付できいてみるわ。たぶん、適当な所を紹介してくれるでしょう。電話帳で当たってみてもいいし」

「ナタリー」アンドレアが静かに言った。「来てくれてほんとうにありがとう」

「来るに決まってるじゃないの」ナタリーはそうやさしく言ってから受付に向かった。

「ミセス・マーシャルですか？」

ナタリーはちょっと当惑顔でうなずいた。

「マーシャルさまからお電話がかかっております。こちらの電話でお話しください」受付嬢はデスクの端に置かれた電話機を指さした。ナタリーは深呼吸をしながらデスクに近づき、受話器を取り上げた。

「ライアン？」

「いま空港だ。ぼくが行くまでそこにいたまえ」やたらと無愛想な口調だった。

電話はがちゃんと切れて、ナタリーに口をきくすきも与えなかった。とたんに怒りが噴き上げてきた。なんて失礼な！　彼女は平然とライアンの命令を無視し、自分とミシェルの泊まる宿を手配してからアンドレアのもとに戻った。

それから約二十分後、アンドレアは面会を許され、青ざめた顔で戻って来た。ミシェルがおなかがすいたとぐずり始めていた。ナタリーは継母を彼女の妹の家に送り届けたあと、運転手にキングスクロスのホテルの住所を告げた。

チェックインをすませると、真っ先に食事のことが頭に浮かんだ。そこでナタリーはルームサービスを頼んだ。ミシェルは空腹なだけでなく疲れていらだっており、ほとんど手のつけられない状態になっていた。

「ダーリン、泣かないで」彼女は哀願して娘をなだめようとした。「さあ、バスルームに行っておててを洗ってからテレビを見ましょうね。そうしているうちにすぐにお食事が来ますよ」

「ダディ！」ミシェルは泣きわめいた。

まもなく、ドアの外側をノックする音がした。ナタリーはほっとした。やっと食事が来たわ！

ドアを開けてみると、そこには背の高いライアンが立っていた。ウエイターだとばかり思い込んでいたナタリーは、つかの間、口がきけなかった。

「あなた、何しているの、ここで！」

黒っぽい細身のスラックスに同系色の柄物のシャツというういでたちが、彼にぞっとするような執念深い雰囲気を与えている。抑えつけた怒りが見え隠れしている。

「ぼくも、君にそっくり同じ質問をしたいね」

「ダディ！」ミシェルの小さな体が二人めがけて突進して来たと思うや、差しのべられた両手に飛びついて、たくましい腕に抱き上げられた。

ちょうどその時、ウエイターがトレイを持って現れたのでその場はいっそう混乱した。

「おなかがすいたの」少女は非難するようなまなざしで両親を代わる代わる見つめて悲しげに訴えた。ライアンはテーブルに近づき、娘をいすに座らせて食べさせ始めた。

「わたしが食べさせるわ」ナタリーは抗議した。

「ルームサービスを呼び出して、もう一人分注文したまえ」彼は強い調子で命じた。

「何がいいの？」

「なんでもいい、適当に」彼女のほうはすでに食欲をなくしていた。

ミシェルは満腹するとカーペットの上にはいおり、テレビの前に座って、いまや、ちらちら動く画面に気を取られている。

「これは……」ライアンは室内をざっと見回してからナタリーをきっとにらみつけた。

「またもや挑戦のつもりかい？」

「わざわざわたしを追いかけて来る必要はなかったのに。自分のことは自分でできるんだから」

「できないなんて、だれが言った？」

「じゃあ、なぜここにいるの？」

「手術の結果しだいでは、ぼくの手助けが必要になるかもしれないと思ったんだ」

「それはどうも」ナタリーは小ばかにしたように言い、ライアンのあごがこわばったのを無視して彼をにらみつけた。「わたしはまた、わたしがミシェルと雲隠れしやしないかと、それを恐れてわざわざいらしした、とばかり思い込んでたわ」

堅いトパーズのような瞳が半ば閉じたまぶたの奥できらりと光った。それを見ると、ナタリーの胃がきゅっと痛んだ。

「君はぼくから逃げられやしないさ」まさに脅迫そのものであった。ナタリーは我知らず身震いした。

「アンドレアが今朝、電話してきたのよ」

ライアンはいすの背にゆったりとよりかかった。ちょうどジャングルの野獣が攻撃の前にとるポーズのようだ――一歩でも動きを誤れば直ちに飛びかかって来るだろう！

「ジェンキンズから聞いたよ」

「まさに間一髪で、飛行機に間に合ったの」

その時、折よくノックの邪魔が入った。ライアンがカーペットを横切って行く……。

「ミセス・マーシャルは十五分後にチェックアウトする、と受付に言ってくれたまえ」トレイを受け取るとライアンはウエイターに言った。「我々はそれまでにこの部屋を引き払うつもりだ」

「一体、どういうことなの？……チェックアウトするですって？」ナタリーはドアが閉まるや否や詰問した。

「ぼくはダブルベイにアパートを持ってるんだよ」彼はテーブルにつき、ナタリーに有無を言わせぬ視線を注いだ。「そこに滞在するんだ」

「わたしはどこへも移るつもりはないわ。ミシェルは疲れてるし、わたしもそうよ。わたしたちはここに泊まります。あなたはご自分のアパートにいらっしゃればいいでしょ！」

ライアンは不可解なまなざしで彼女をじろりと見回した。「君も来るんだ。たとえかついで行かなきゃならないとしても、そうさせる」

「そんなことできるもんですか！」

「そう思うかい？」

「もしもそんなことをしたら、ほんとにばかみたいに見えるでしょうよ！」

ライアンの目が虎《とら》のようにきらりと光った。「見当違いの同情を呼ぶだろうよ——一方の肩に子供をかついで、もう片方の肩にかみさんをかつぎ上げている図を見たら。人は君のことを、したたかな平手打ちを一つか二つお見舞いする必要のあるとんでもないじゃじゃ馬か何かに思うだろうな……。そして、そんなことのできるぼくを羨《うらや》ましがるだろう」

「そんなことさせるもんですか！」

「やらせてみろよ」

ナタリーは物をつかんで投げつけてやりたい衝動に駆られた。が、ミシェルの手前、かろうじて踏みとどまった。ライアンは食事を終え、ウエイターが親切についでいったワインのグラスを空けた。

「用意はいいかい？」

「よくないわ！」

「やれやれ」ライアンが電話の方に行きかけると、ナタリーは我知らずあとずさりした。

「こちらへポーターをよこしてくれないか……それからタクシーを呼んでくれたまえ」ライアンは受話器を置くと、ナタリーの方に向き直った。「さあ、どうするんだ！」

選択の余地はなかった。もし、ほんのわずかでも品位を保とうとするならば。彼女は腹だたしげにソファからバッグを取り上げ、無言でライアンの傍らに立った。彼はミシェルを抱き上げ、先に立って部屋を出た。

タクシーはあっという間に彼らをダブルベイの最高級アパートの前に運んだ。エレベーターが最上階まで上ると、ナタリーは観念してライアンの前を通り過ぎ、その階でただ一つ見える戸口に立って彼を待った。

内部はインテリア・デザイナーの洗練された好みを反映して、抑えた美しさを出すために不可欠な、男性的色彩が何色か組み合わされていた。ベージュの厚い絨毯《じゅうたん》とクリーム色の壁が、らくだ色のベルベットのクッションを散らしたチョコレート色のソファの見事な背景となっており、壁のそこここに掛けられた大胆な版画はその柔らかな雰囲気と好対照をなしている。

ナタリーは深々としたソファの一つにミシェルを座らせると、バッグのひもを肩からはずした。「ここが最も贅沢《ぜいたく》な独身者の住まいと言われる所なのね」彼女はかすかな皮肉をこめて言った。「ぶしつけなことをきくようだけど……寝室はどこ?」

ライアンは鍵《かぎ》をズボンのポケットにしまいながらバーの方に歩いて行った。「廊下の突き当たりに二つある」そっけなくそう言うと、グラスを一つ取り出して自分のために酒をついだ。「君もどう?」

「わたしはまずミシェルをお風呂に入れて寝かしつけるわ」彼女は二つのバッグのうちの小さいほうを取り上げて、ちらっと娘の方を見やった。

「先に行きたまえ。ぼくが連れて行くから」

「ダディ……」ミシェルが必死に目を開けていようとしながら眠たげな声で言った。ライアンは笑いながらバーから離れてソファに歩み寄った。

「さあさ、眠たがり屋さん。お風呂に入っておねんねだ、うん？」彼は少女を抱き上げた。

ミシェルの世話は二人で力を合わせてやることになった。おやすみのキスをしようと身をかがめたライアンの首にあの小さな両腕が巻きつくのを見ると、ナタリーは胸のあたりが妙にうずくのを感じた。二人がベッドのそばを離れても、ミシェルはまだ重そうなまぶたをしばたたかせていたが、やがてやすらかな寝息をたて始めた。

ラウンジに戻ると、ナタリーはひじ掛けいすにぐったりと腰をおろし、バーに向かったライアンを用心深く見守った。

「ワイン？　それとも何かもっと強いもの？」

「強いほうがいいわ」きっぱり言うと、ライアンの片方の眉がからかうように上がった。

「すきっ腹に、大丈夫かい？」

「そんなこと、かまっていられないわ」

ライアンはグラスにアルコールを適量入れて、それにたっぷりソーダ水を足してから手渡した。「ミシェルをマーサに預けてくればもっと楽だったろうに」

「アンドレアと同じことを言うのね」アルコールが喉の奥を焦がしたので彼女はちょっと顔をしかめた。

「病院が、何かあったら知らせてくれるだろう」謎《なぞ》めいた視線が、彼女の美しい顔を矢継ぎ早によぎる表情に、じっと注がれている。

「あなたはいつ帰るつもりなの？」

「そんなにぼくを追っ払いたいのかい？」ライアンが質問をそらすと、ナタリーは大げさなため息をついた。

「これだから単純な質問もできないのよ！」

「ぼくは水曜日までにコーストに戻らなきゃならない」

ナタリーはひややかな灰色の目を上げて不可解な彼の目を見つめた。「わたしはもう少し長くいたいわ。できたらパパが退院するまで」

「そんなにはだめだよ、ナタリー」ライアンは反対した。「それじゃあ数週間になるだろう。そんなに長く留守にするのを許すわけにはいかないね」

「だって、わたしは娘よ。それくらい当然……」

「君はぼくの妻でもあるんだよ」ライアンは頑固に言い張った。

ナタリーはうつろな笑い声をたてた。「夫はいつでもどこでも、自分の気の向くままに夫としての権利を行使できるってわけ？」

「歓《よろこ》びは必ずしも片方だけが感じるわけじゃないだろう」皮肉な調子でそう言われたとたん、ナタリーは反射的にグラスの中身をいまいましいライアンの顔めがけて投げつけていた。

ライアンは恐ろしいほど落ち着き払って自分のグラスを手近のテーブルに置くと、ゆっくり近づいて来た。催眠術にでもかかったように、彼女はその姿をぼう然と見つめる。彼の瞳の奥に宿ったある表情を見て取ると、彼女は悲鳴をあげそうになった。が、声が出てこなかった。

ライアンは無言でナタリーの体をつかむと、片方の肩にひょいとかつぎ上げて、彼女を寝室へと運び始めた。ナタリーはじたばた抵抗したが、そのかいもなく、ライアンは寝室に入ると後ろ足でドアをけって閉めた。

「おろして！……あなたは……あなたは悪魔よ！」

「まったく、我慢してりゃいい気になって」ライアンはナタリーを床におろすと、ひょいと自分のたくましい片方のももにまたがらせて、一発すさまじい平手打ちをくらわせた。

それは恐ろしい、二度と繰り返したくない経験だった。床におろされると、ナタリーは抑圧された憤怒と徹底した敵意とがないまぜになった感情で、自分の体がわなわなと震えているのがわかった——だからあんな無鉄砲なことをしてしまったのだ……。手に負えない子供のようなふるまいに対する、これがお仕置き、ということなのか……。

「こうするのが遅すぎたくらいだ」

「あなたは……卑劣よ！」ナタリーは吐き捨てるように言った。

ライアンは薄笑いを浮かべた。「ありがたく思え、それくらいですんで。とっさには何をしでかしてたか」

「レイプ?」ナタリーは眉をつり上げてうっかり口をすべらせてしまった。「そんなことさせるもんですか!」

例のトパーズ色の瞳の奥に何かがぱっと燃え上がった。ナタリーは骨の髄までぞっとした。

「ぼくを止められと思うのか!」

ふいに喉にこみあげてきた塊を、彼女はぐっとのみ込んだ。「ライアン……」両の目が大きな湖面のように見開かれ、そこには真の恐怖が映っていた。

「うるさい!」両手がきゃしゃな肩をわしづかみにしたと思うや、ぐいっと彼女を引き寄せ、唇がすさまじい勢いで口もとにかぶさってきた。声にならない悲鳴が喉の奥にからみついた。

硬い唇が彼女の唇を押しつぶし、強引にこじあけて中に入ってくる。ナタリーはこぶしを固めて彼の肋骨《ろっこつ》といわず、手の当たるところはどこでもかまわず激しく打ち始めた。けれども腹立たしいほどやすやすと両手を背中に回されてしまい、固い体にぴったり押しつけられてほとんど抵抗する術《すべ》もなく、猛烈な力に押しまくられるがままになった。が、やがて力がほんの少しゆるんで、それはやさしい説得するような調子のものに変わっていった。

体のどこかで知らぬ間にゆっくりと燃え上がっていた炎が血管の中を駆けめぐり始めた。

すると、神経という神経が反応して、ついには彼に触れられることを待ち望むまでになった。

ナタリーの両手がひとりでにはい上がってライアンの首筋にからみついた。髪をまさぐる指がはいおりてうなじをとらえ、顔を引きおろそうとする。それは、あまりにも欲望をさらけ出したしぐさだった。

口づけは唇から離れて狂おしいぞくぞくするような道をたどり始めた。あごの線をなぞって感じやすい耳たぶをじらし、閉じたまぶたの上を代わる代わるそっとキスし、それから喉もとを探る。それが更にゆっくりと下の方へさまよい始めるとナタリーは小さなうめき声をあげて体を弓なりに反らし、彼によって呼び起こされた深い感動に酔いしれた。

一枚、また一枚と着ているものが脱がされてゆく。彼のシャツのボタンをはずそうとするナタリーのしぐさを、ライアンは低い含み笑いで迎えた。

「手伝うよ」とささやいて、彼女のほおにかすかな赤みを見て取ると、彼は身をかがめて震えている唇にさっとキスをした。それからすぐナタリーを両腕に抱き上げてベッドへと運んで行った。彼は技巧の限りを尽くして歓びを共に高め、しだいにナタリーをエクスタシーへと導いてゆく。彼女の口から、ついに、感動のすすり泣きがもれた。

ナタリーはライアンの腕の中でじっとしていた。身動きするにはあまりにもけだるすぎた。うとうとしかけると、彼女はほっと小さなため息をついた。ライアンはまたもや、二人が肉体的には完全に一致していることを証明してみせたのだ。でも、果たして、欲望だけで二人の関係が長続きするだろうか……？　しだいにまぶたが重くなり、まつげがしばたたき始めた。ナタリーはあきらめて、眠りへと身をゆだねた。

8

それから数日間、ナタリーはほとんどの時間を病院でアンドレアと共に過ごした。彼女がただそこにいるというだけでアンドレアには大きな慰めであった。その間、ライアンはミシェルの世話を何から何まで引き受けてナタリーを驚かせたが、彼女はこの時ほどライアンの存在をありがたいと思ったことはなかった。

木曜日の午後、容態が少し上向きかけ、夜には、ジョン・マクリーンは確実に快方に向かった。アンドレアはまだ気を許してはいなかった。だが、その表情には希望の光が見え、そして、それは翌日の朝には病院の医療チームによって裏づけられることになった。

「アンドレア、よかったわね！」ナタリーは電話でその知らせを受けると歓声をあげた。

「ええ、ライアンに伝えるわ。じゃあ、一時間後に病院でね」彼女は受話器を置くと、テーブルで新聞の経済面を熱心に読みふけっているライアンの方に向き直った。「パパは大丈夫ですって」ほっとしたような笑みを向けると、ライアンは無言でうなずいた。

「それはよかった。じゃあ、ぼくはお昼前の便でクーランガッタに戻る手はずを取ろう」

ナタリーは一瞬目を見張って、ちょっと眉根を寄せた。「ライアン、わたしはまだいなきゃならないわ。わかってくださるわね？」

「日曜までならいいだろう……それ以上は一日たりともだめだ」目がしっかり彼女の目をとらえている。「わかったね？」

ナタリーはその執行延期令状を両手でつかみとるようにあわてて同意した。「日曜ならいいわ」

「ミシェルはぼくが連れて帰る。面会に行く時、子供は病室に入れてもらえないから」

仕方がないだろう。そうしたほうが何かと都合がいいことは確かだ。「いいわ。支度するわ」彼女はしぶしぶ同意して、ライアンをまじめな顔で見上げた。彼が行ってしまうと寂しくなるだろう。〝行かないで！〟と心のどこかで叫んでいたが、そのいまいましい言葉を声にしたいという欲求に彼女はどうにか打ち勝った。再び恋に落ちてしまったことを、彼に絶対に知られてはならないのだ。もし知られたら、悲惨な結果に終わるだけだから。

彼女は、ミシェルがかけがえのない存在だということも改めて思い知らされていた。というのも、母娘《おやこ》はたとえ一日でも、一晩でも離れ離れではいられなかったからだ。彼女は身を二つに引き裂かれる思いだった。だが、こうするよりほかにないのだ……。せめて、あと二、三日は父に付き添っていなければ……。

ライアンは電話を二回かけ、そのうちの一回は長距離だった。一方、ナタリーは手際よくスーツケースに衣類を詰めた。

「君の帰りの切符はぼくが手配しておこう」一階におりるエレベーターの中で彼は言った。

「ミシェルのことは心配するな」目にうっすらとにじんだ涙がいまにもこぼれそうになっているのをちらっと目に留めて、彼がやさしく言うと、ナタリーはこくりとうなずいた。

「わかったわ。マーサとジェンキンズにすっかり甘やかされちゃうでしょうね」ドアがすっと開き、主玄関のガラス張りのドアの向こうにタクシーが待機しているのが見えた。

「電話するわ」

ライアンがちょっと立ち止まってナタリーに暗い謎《なぞ》めいた視線を注いだ。「こら、ナタリー。めそめそするなんて最悪だぞ！」そう言って彼は頭を傾け、震えている彼女の唇にさっとキスをした。それから振り返りもせずにドアを通り抜けた。走り去ろうとするタクシーに彼女が見たものといえば、激しく振られているミシェルの小さな手だけだった。

ばか、ばか、ばか、ばか！　彼女は自分自身をののしった。エレベーターに引き返し、ボタンを不必要に強くぐいと押す。自由を取り戻したことを喜んでいいはずなのに……すでに、すべてを失ってしまったような気がしている。まるで魂を抜かれたように……。ライアンにこの不幸な和解を強いられてこのかた、それが終わることばかりを……いや、せめてつかの間の休息を、とばかり願い続けてきた。ところが、現実にそれを手に入れたいま、彼女は自分がちっともそれを欲していないことを悟った。小さなため息が唇からもれた。わたしはなんて矛盾してるんだろう！　ひとりになって一ついい点は、自分自身の感情を見きわめる時間が持てるということだろう。でも、答えはすでに出ている。だからといって、少しも事態はよくならない……。

部屋に戻ると彼女は寝室に入って化粧を直し、長い髪にブラシをかけてからバッグをつかんで玄関に向かった。タクシーを使いたくなかったので通りの端まで歩き、市内行きのバスに乗った。

父の容態がよくなるにつれて、ナタリーは見舞いを決められた面会時間のみに限るようにして、午前中は市内の散策とショッピングにあてようと、しばしば朝食後すぐにアパートを飛び出した。昼間の時間を埋めるのは楽だった。問題は長い夜だった。雑誌も本も、テレビの画面さえもつかの間の興味しか湧《わ》かせてくれなかった。ひと晩、主寝室で夜どおし寝返りを打ち続け、ひとりきりの眠れぬ夜を過ごしたあと、ナタリーは身の回り品を持ってもっと小さな客用寝室へと移った。

毎晩、電話で、興奮したわけのわからないミシェルのおしゃべりのあとをライアンの例の落ち着いた声が引き継いだ。電話のたびに、ナタリーの心は前よりいっそう不安定になっていった。土曜日の夜、明日が出発という日の前夜、ライアンから最後の電話がかかった。彼女は息せききって電話に出た。

「ナタリーかい？　何をぐずぐずしてるんだ」

まあ、一体何さまのつもりかしら……。「ちょうどシャワーを浴びてたのよ。こっちは雨が降ってるの。バスを降りて帰って来る道々濡《ぬ》れたものだから」ちょっと間があった。「バスなんかに乗って、一体何してたんだ?」

「わたし、バスに乗るのが好きなの」彼女は丁寧に答え、タオルで濡れた髪をごしごしすった。「それにタクシーが見当たらなかったものだから」

「この次からは来るまで待つんだ」声がぱちぱち音をたてながら電話線を伝わってきた。それを聞いたとたん、ナタリーはむらむら腹が立ってくるのが自分でわかった。

「あなた、ちょっとおかしいんじゃないの?」

「とにかく、ぼくの言うとおりにしろ」

「人の指図は受けないわ!」鋭く言い返すと、ライアンのくぐもったののしり声が聞こえた。

「飛行機は明日の夜七時発だ。予約を確認したまえ。切符は空港のほうで預かっているはずだから」

「わたし、気が変わったわ」考えるより先に言葉が飛び出してしまった。「明日は帰らないわ」

「何を言ってるんだ!」ライアンが叫んだ。

「あと二、三日こちらにとどまることにしたの。ショッピングをしたいのよ。アンドレアにつき合いたいの。火曜日に帰るわ」それだけ言うと、彼女は相手が答えるより先に受話器を置いてしまった。

一体全体どうしたというのだろう？　ライアンとミシェルのもとに飛んで帰りたかったというのに……。帰るのを更に四十八時間も先に延ばしてしまうなんて……。

ナタリーは一切の自制心を無視し、アンドレアを引っ張ってブティックを何軒も回って衝動買いをした。そして、洋服や靴など買い込んだ品物を詰め込むために、スーツケースをもう一つ買い足すはめになった。クレジットカードをまったくとんちゃくなしに使い、結果として、ライアンがどれほどたくさんの請求書を受け取ることになるのか、考えてみもしなかった。彼ならこれくらいわけなく払えるだろうという頭が、いかなる罪の意識をもたちまち鈍らせてしまうのだった。

だが、さすがに、ジェット機がクーランガッタ空港に着陸したとたん、彼女はうろたえ、他の乗客とともに空港のロビーへと進む道すがら胃がひっくり返りそうに感じた。

ナタリーは混雑している広いロビーをざっと見回して見慣れた頭を捜した。どうか、ライアンではなく、ジェンキンズが来てくれていますように……。だが、ふいに彼女はヒステリックにぷっと吹き出した。たぶんだれも来ていないだろう。エアポートバスでサーファーズ・パラダイスまで行き、その先はタクシーを拾って帰らなければならない……。

ちょうどその時だった、たくましい肩の上のあのきちんとなでつけた頭部がちらっと目に入ったのは。その方角に向かって歩き始めた瞬間、ライアンが振り返り、虎《とら》のような目とぶつかった。

ナタリーは駆け寄って彼の胸に抱きとめてもらい、唇に熱い口づけを受けたくてたまらなかった。けれども近づくにつれて、あのトパーズ色の瞳の奥に険しい光が宿っていることに気づいた。

彼女はとにもかくにも笑みを浮かべ、しおらしそうなようすを装って、手荷物引き渡しコーナーから彼女のスーツケースを引き取るために近づいて来たライアンと並んで立った。

「とても楽しかったわ」彼女がだれに言うともなく言うと、ライアンがちらりと目を向けた。

「もう一つくらいスーツケースが増えているだろうと思ってたんだがね、少なくとも」彼はからかった。

「わたしはもともと途方もない浪費家ではないから。でも、この次はもっと努力いたしましょう」

二人は車の所まで来た。

「ミシェルは元気?」

「ぼくが家を出る時、必死に目を開けていようとしていたよ」ライアンは駐車場からゆっくり車を出して、やがて間断のない車の洪水に加わり、ハイウエーを北に向かって走り始めた。

「一緒に連れて来てくださるかと思ってたのに」

「そうだな」

彼女はちらりとライアンを見やった。「罰のつもり？」

彼はちょっと肩をすくめた。「どうしてそう思うんだい？」

「だって、滞在を二日延ばしたから、怒ってるでしょう」

「そうでもないさ。ぼくは、君がアンドレアと過ごしたり、ショッピングすること自体を渋ったわけじゃないんだよ。ただ、君がそれをぼくに対する反抗の口実にしたから腹が立ったんだ」

「じゃあ、あなたは、わたしに従順なおとなしい子ねずみのようであってほしいのね」

「とんでもない！」彼は低いしゃがれ声で笑った。

「なんでもすべてあなたの望みどおりにしていた時期もあったわ」彼女は物思いに沈みながらつぶやいた。「でも、いまはそうじゃない。ちょっとでもそうしそうになると、何がなんでも抵抗しているみたい」

「抵抗してるよ、実際。なぜそうなるのか、考えてみたことがあるかい？」

ナタリーは薄暗がりの中でちょっと顔をしかめた。「あなたはなんでもわかる人でしょ。あなたが答えてちょうだい」

「そりゃだめだよ、君。これは自分自身ではっきりさせなきゃならない問題だよ」

ナタリーはなんと答えてよいかわからず、家に帰るまでずっと黙り込んでいた。ライアンのほうも何事か考え込んでいるようすだった。クローニン島に着くと、彼は車をガレージに入れ、トランクからスーツケースを取り出してナタリーのあとについて家の中に入った。

ジェンキンズが迎えに出て荷物を受け取ったので、ライアンはナタリーをラウンジに誘った。「何か飲もう。ぼくは飲みたいんだ」

ナタリーは口まで出かかった拒絶の言葉をぐっとのみ込んでかすかな微笑を浮かべた。「まず、ミシェルをのぞいて来たいの」階段の方に行きかけながら肩越しにライアンをちらっと見やって言った。「何か冷たいものをいただくわ。すぐに戻ります」

心をかき乱すライアンの存在から逃れるために彼女はほとんど駆け上がらんばかりに階段を上った。彼を見、彼の近くにいると、気持とは裏腹に騒ぎ出す感覚が自分でいやでならなかった。冷静に見せよう、落ち着こうと思いながらも、いまから一、二時間後には彼のベッドにいるのだと考えると、全身がわななく神経の塊となってしまうのだ。

ミシェルの部屋のドアは閉まっていた。ナタリーは娘の眠りを妨げないようにそっとノブを回した。小さな顔は天使のようにやすらかで、ほっそりした体をシーツの下に横向けにして眠っているその姿は人形のように愛らしい。いとおしさが彼女の全身を貫いた。身をかがめ、ちっちゃな額にそっとキスすると、満足して、ナタリーは足音を忍ばせて部屋を出、そっとドアを閉めた。

ライアンはグラスの中身をすっかり飲み干してからナタリーに妙に物思わしげな視線を注いで言った。「ぼくは明日から数日間アメリカに出かける。仕事なんだ。リックも一緒だ」

「仕事、仕事の連続、と人は思うでしょうね」

「ほかに何がある？」ライアンはうわべは穏やかにかわしたが、両の目が鋭く光った。

彼女はわざとらしい笑みを向けた。「お留守の間にリーザに電話して、一緒にコーヒーでも飲もうかしら。彼女とは気が合いそう」

「それがいい。彼女も喜ぶだろう」

長い沈黙が続いた。ナタリーは何かしゃべらずにはいられなかった。「わたしがいない間、ミシェルはどんなようすでしたの？」

「元気だった。なんの問題もなかったよ」ライアンの笑顔が妙に心の平静をかき乱した。

「実にすばらしい。しつけのいい娘《こ》だ」

ナタリーの目がしばたたいた。「ほめていただいたのかしら？」

「そのとおりさ」

「まあまあ」彼女はさもおかしそうなふりを装った。「お偉い方からじきじきにおほめいただくなんて！」

「ふざけるのはよせ。ただではおかんぞ」

「それ、脅し？　それとも……？」

「取りたいように取るさ」

ナタリーは一気にグラスの中身をあおって、それを手近なテーブルの上に置いた。「失礼して、シャワーを浴びてやすみたいんだけど。この一週間、ほんとにきつかったから」

「お義父《とう》さんの手術の結果がよくてほっとしたろう」

「もちろんよ」ナタリーは即座に答えて彼の鋭い目を見返した。「あなたには感謝しなきゃね」

「感謝してるかどうか、いまにわかる」

ナタリーはほおが赤くなるのがわかった。「当然……」おどけた、皮肉っぽい調子で彼女は続ける。「わたしは、自分の借りを支払わなきゃならない、ってことは十分わかってるつもりよ」

瞬間、彼の目がぱっと金色に燃え上がった。が、やがて彼はばかにしたように命じた。

「階上《うえ》にあがってやすみなさい。ぼくもあとからすぐ行く」

押し殺したような声がナタリーの喉からもれた。ひと言も言わずに彼女はくるりと背を向け、部屋を出て階段を駆け上がり、寝室に入ると固くドアを閉じてもたれかかった。そして豪華な室内をゆっくり見回してから、ベッドに近づいて絹のベッドカバーの上に腰かけた。ベッド——正確にはライアンの——が堕落のそもそもの原因なのだ。そこで、わたしは彼を喜ばせ、自分も彼の手、彼の唇に触れて狂喜し、生き生きと活気づくのだから——彼だけが喚起し得る嵐《あらし》のような情熱に理性を失い、我を忘れて……。

一人の男にあれほどの力があるなんて、なんて恐ろしい……でも、もしそれが三年前のように奪い取られたら……と思うと、同じように恐ろしい。わたしは生きていた……ほんとに？　確かにわたしは三年の間、生きて働いていたわ。でも、やっと生きていたにすぎない。いまのわたしは、コートに戻され、選手の意のままにされるボールのようだ。すると、今度は、自分に選ぶ自由がない、といって反抗している……。

ナタリーは深いため息と共に部屋を横切り、バスルームに入って行った。のろのろした動作で服を脱ぎ、シャワーの栓をひねる。それから熱い湯のしぶきの下に入って肌をこすり、うなじをずきんずきんとうずかせ始めていた緊張をほぐした。人生はゲームのようなものだ——全身にしゃぼんの泡をたてながら彼女は思った。運命、人の力ではどうすることもできない力によって左右されている……。

もしも三年前、友だちと休暇にサーファーズ・パラダイスに来ていなかったら、ライアンに会うこともなかったろう。そして、いまごろは、だれか別の人と、たぶん、幸せな結婚生活を送っているに違いない。でなければ、あのまま仕事を続けてキャリアを積み、この大陸の枠を越えて飛び歩いているかもしれない。

戦慄《せんりつ》がぞっと背筋を駆けおりた。彼女は震える手で栓を止め、バスタオルを手探りした。ライアンと知り合っていなければ、と思っただけで心は混乱状態に陥り、それがわかるだけにますますいらだつ。一人の男を愛すると同時に憎むことなどできるだろうか！　狂気の沙汰《さた》だわ！

タオルで体をふき、顔の手入れをすませると、絹のナイトドレスを頭からかぶり、シーツの下にもぐり込んだ。片手をのばして枕もとのランプを消し、暗闇《くらやみ》に目を閉じると、彼女はあっという間に深い眠りに落ちてゆき、数時間後、傍らに夫がそっと入り込んできたことなどまったく気がつかなかった。目が覚めた時にはすでに日が高く、明るい日の光がカーテンのすきまからさし込んでいた。はねのけられたカバーと傍らの枕についたへこみ――ベッドにひとりでなかったことを示すものはそれだけだった。

ナタリーはライアンの出張を安堵《あんど》の気持で迎え、ひと息入れる機会を与えられたことにとても感謝した。贅沢《ぜいたく》な環境さえなければ、この数週間の出来事が自分の想像から生まれたただの作り事であったような気がするほど、一日の大半をミシェルのために使うという彼女の日課は前と変わりがなかった。目下は、ミシェルの幼稚園入園準備のために初歩的な学習の手ほどきをしている。彼女はそれを娘と共有する大切な経験としてとらえ、娘の反応を楽しんだ。

ナタリーが何よりもまずミシェルに望んだことは、できるだけ普通の子供として育ってほしいということだった。贅沢な環境に取り巻かれていると、これがなかなか難しい。物をふんだんに、むとんじゃくに与えすぎ、その結果、欲しい物はなんでも手に入ると思わせてしまいがちだ。なんとしてでも注意深くバランスを保たなければならない。そうしないと、彼女はきっと甘ったれのわがまま娘になってしまうだろう。

パワフルなダイムラーの運転席にジェンキンズがいると、ライアンの社会的地位をいやが応でも思い知らされる。まず、おかかえ運転手としての役目を果たしたいというジェンキンズの主張を退けよう。

「大丈夫。自分で運転できますもの。クイーンズランドで取った免許証がここでもそのまま使えるの。それに」そこでちょっと区切りを置いて彼女はいたずらっぽく鼻にしわを寄せた。「あなたがいつもついていてくださると、なんだかとても偉くなったような錯覚を覚えるの。ここでわたしがしっかり対処しないと、ミシェルはうっかり自分がプリンセスにでもなったと思い込んでしまうわ」

「わたしは、お伴をしろとの命令を受けてますから」ジェンキンズがやんわりと主張した。

ナタリーは顔をしかめた。「何か特別なわけでもあるの？」

執事は言葉を注意深く選びながら答えた。「サーフィンビーチに集まる若者の中には失業者がたいへん多いのです。彼らは自分たちののん気な生活を支えるために金を必要としていますし、それに国外から夢を追いかけて集まってくる連中はすぐに金を使い果たしてしまいます。ですから、お金持の住人たちの間で安全対策を講じるのは必要であって、決して贅沢なんかではありません」

ナタリーは小首をかしげてジェンキンズの顔を見つめた。「誘拐の恐れがあるってこと?」

「わたしがついていれば、いかなる偶発事故も防げます」

ナタリーはゆっくり首を振った。「あなたは少し大げさに考えすぎてると思うわ。ここはヨーロッパじゃないし、それに、ライアンはそれほどの大金持でもないでしょ?」

「それについてはわたしは何も申し上げられる立場ではありません。ただ、ご主人のご希望どおりにさせていただきたいのです」

「命令、ってこと?」

「はい、そのとおりです」

「それで、もしわたしがその命令を無視したら?」

「逆らわれないほうがよろしいですよ」彼は静かに答えた。

「まあ、ジェンキンズったら! あなたをめんどうなことに巻き込みたくないけど」

「お車は、お出かけになる時間を教えていただければ、そのように用意します」

「まあ、あなたも相当なものね」彼女はため息をついた。

「これも奥さまご自身のためですよ」年長の男はやさしく言った。

ナタリーはがっかりして肩をすくめた。「仕方がないわ。じゃあ……三十分後に」

結局それはとても楽しい朝となった。ミシェルがおとなしくしていたのでたくさんのアーケードをぶらつき、そのあと波打ち際を散歩するために浜に出たりしているうちにまたたく間に時間が過ぎてしまった。ジェンキンズとの楽しい語らいを交じえた浜の散歩のあと、エスプラナ通りをぶらぶらしてちょうどオーキッド通りに差しかかろうとした時、明るい声に呼びとめられた。声のした方を振り返ると、魅力的な装いの若い女性がこちらに向かって道路を渡って来る。

「リーザ。お会いできてうれしいわ！」心からそう言うと、相手もにっこりほほ笑んだ。

「わたくしもよ。まあ、ミシェルね」彼女は少女ににこっといたずらっぽい笑みを投げた。

「早くから出てらしてたの？」

「一時間半ほどになります」ジェンキンズが答えた。

「ランチをご一緒にどう？」

「ぜひそうしたいところだけど、このヤングレディがお昼を食べてすぐお昼寝をするの」

ナタリーが残念そうに言いかけると、ジェンキンズが穏やかに割って入った。

「こうしたらどうでしょう？　ミシェルさまはわたしが連れて帰り、マーサが食事をさせて寝かしつけます。奥さまはお帰りになりたい時にお電話をください」

「いかが？」リーザが目を輝かしながら熱心にきいた。ナタリーは一も二もなくこの提案を受け入れた。

少女はカーシートに座らされ、ベルトを着けられても、泣くどころかまばたき一つせず、駐車場から出て行く大きな車の中から元気よくバイバイの手を振った。

「マーサとジェンキンズがすっかり親代わりになってしまったわ」

「寂しい？」

「そうでもないわ。でも、最初はちょっとね。この二年半近く、あの娘《こ》をひとり占めにしてきたものだから」

「ランチに、特におすすめって所がどこかある？」リーザに尋ねられると、ナタリーはにこっと笑った。

「新しいお店がたくさんできてるみたい。わたしは知らないからあなたにお任せしてよ。

黙ってついて行くわ」

「そんなこと言って、あとで後悔しても知らないから。わたしは海のものが大好きなの。いい？」

「いいわ」

二人は軽いモーゼルワインをちびりちびり飲みながら、メニューをゆっくり読んでから注文した。

「わたし、あなたにお電話するつもりだったの」リーザが切り出した。「リックとライアンが一緒にアメリカに出かけたでしょ？」

「ええ、そう聞いてるわ」

「わたしも一緒に行くつもりだったんだけど、いま飛行機に乗るのはどうかと思って」目がきらりと光った。「ほら、ちょうど一番大切な時期でしょう」

「リックがさぞ喜んでるでしょうね」

「ちょっと戸惑ってるみたいよ。双子の可能性があるって言われて。両方の家系に双子がいるの」

ウエイターが前菜のくるまえびのサラダを運んできてグラスを再び満たしてさがった。

「ああ、おいしい。でも自分が何を食べてるか、しっかり気をつけていなくっちゃね。でないと、また太りそう」

「そんなにスマートなのに？」ナタリーが言うと、リーザは笑った。

「産後もこのままを維持しようって頑張ってるからよ。食べすぎてごらんなさい、新しい洋服だんすを買わなきゃならなくなるわ」

「そんなこと、リックは気にしないでしょう」ナタリーはぼんやり言って、自分の前に置かれたおいしそうな料理を眺めた。パン粉で調理したほたて貝と、手の込んだグリーンサラダ。続いてデザートに、少量のクリームがのったフレッシュフルーツ。

「コーヒーは?」

「もうおなかがいっぱいで入らないわ、いまは。たぶん、少しあとなら入るんじゃないかしら」

「そうね」

二人は外に出ると、近くのブティックを数軒ぶらぶらのぞいてから、戸外にパラソルを立てたカフェテラスに向かった。

「ああ、楽しかった」リーザはいすに深々と腰かけてナタリーにほほ笑みかけた。「これからもちょくちょく、こんなふうに会いましょうよ」

「そうね、ほんと」

「リックとライアンが友だちで、その上奥さんどうしが仲良しなら、なおすばらしいわ」

リーザは鼻にしわを寄せてちょっとしかめっ面をした。「わたしが社交の場で知り合った人たちは表面的な人が多くて、みんな、自分のことに夢中なの。ほかの人や、ほかのものには興味がないのね」

「それ以上は、わたしは相づち打てないわ。わたしもその口だから」

リーザが声をあげて笑った。「あなたも?」

ナタリーはコーヒーの最後のひと口をすすってカップをソーサーに戻した。微風が肌に心地よかった。

「そろそろ行かなきゃならないわ」リーザが腕時計をちらりと見やって残念そうに言った。「これからお医者さん。ここからそう遠くないの」

二人は目抜き通りに出て、そこで、それぞれ反対方向に別れた。すばらしいお天気だった。あまりにもすばらしすぎて、わざわざジェンキンズに迎えに来てもらう気になれなかった。とにかく少し歩きたかった。それに、家までそれほど遠くはない。運動にもなって、体のためにいいだろう。

ナタリーはのんびり歩き始めた。シェブロン橋にさしかかると、下を流れる川のきらきら光る水面を見ながら向こう岸に渡った。小船が大きな音をたてながら河口の方に走り去った。遠くにコーストの観光の目玉であるクルーザーが見える。

シェブロン島の市内のショッピングセンターは車で込み合っていた。彼女は大きな交差点を渡ってから曲がってクローニン島に通じる通りに出た。

それから一ブロックも行かないうちに、ナタリーは小さな音にはっとして振り返った。一台の車が歩道の縁石ぎりぎりをかなりのスピードで突進して来るのが目に入った。スピードをゆるめるでもなく、止まろうとするけはいもなく、自分に向かって直進して来る。ナタリーはあっと悲鳴をあげた。ブレーキがきかなくなっているの？　恐怖の瞬間、彼女は近づいて来る車の進路から一歩わきへ飛びのいていた。地面に倒れると同時に風がしゅーっと通り過ぎるのを感じた。

ナタリーはしばらく立ち上がれなかった。痛みは感じなかった。だが、頭がくらくらし、体ががくがくしている。ゆっくり起きてショルダーバッグを拾い上げる。通りの先に目をやると、人っ子ひとり見当たらず、目撃していたものはだれもいなかった。そろそろと前へ踏み出す。クローニン島に通じる小さな橋が道路を曲がった正面に見えている。あそこまでたどり着けば、家まであと百メートル足らずだ……。

五分後、彼女は錠のおりた門の横のインターホンのボタンを押し、堅いコンクリートの壁によりかかってジェンキンズかマーサの応答を待った。

「マーシャルです。どちらさまでしょうか?」

「ナタリーよ、マーサ」彼女は震え声で言った。「開けて……」

「まあ!」

それがナタリーの聞いた最後の言葉だった。ふいに、真っ黒な空間が襲いかかってきて、彼女はへなへなとその場にくずおれてしまった。

9

気がつくと、ナタリーはベッドに寝かされ、見知らぬ男に片手を取られていた。

「どなたでしょう?」これがわたしの声?……変だわ。まるでだれか別人のよう……。それに、頭がぼうっとしてまったく自分のものじゃないみたい……。

「ドクター・ヘンソンです、奥さん」男は穏やかな口ぶりで言った。「どんなぐあいですか?」

「よくわからないんです」震え声で打ち明けると、医者は安心させるようにちょっと微笑した。

「お気がつかれたので、いまから詳しく診察しましょう。どこか痛いところがありますか?」

あるかしら? 彼女はそろそろと体を動かしてみた。が、どこも痛くはなかった。「いいえ」

「何が起こったのか、覚えておられますか?」

ナタリーは小さくうなずいて一部始終を語った。マーサが人のよい顔に心配そうなしわを刻んで立っている。医者の見立ては、二、三のかすり傷と打撲傷と、それに精神的ショック。いまから十八時間は安静にするように、とのことであった。

マーサがドアを開けると、廊下でジェンキンズがうろうろしているのが見えた。ナタリーは信じられないというように頭を振りながら言った。「なんて騒ぎなの！　わたしはこのとおりぴんぴんしてるわよ。お医者さまのお話、聞いたでしょ？」

「何か飲みものをお持ちしましょうね。砂糖をたっぷり入れた熱いお紅茶がお体にいいですわ」

「ミシェルは眠っているの？」相手がうなずくと、ナタリーはほっとした。「ああよかった！　ジェンキンズがわたしを中へ運んでくれたのね？」

「はい。二人ともショックで寿命が縮まりましたよ」

「とてもいいお天気だったので歩こうと思ったの。まさか、あんなドライバーに引っかけられるとは思いもしなかったわ」

必死に抵抗したにもかかわらず、マーサはナタリーの夕食をトレイでベッドに運ぶといってきかなかった。食事のあと、ミシェルが許しを得て見舞いにやって来た。少女は目を丸くさせてベッドの傍らにまじめな顔をして立った。それから説得されて手を引かれて自分の部屋に戻って行った。

ナタリーはマーサが置いていってくれた雑誌のページをぼんやりめくった。だが、なんとなく気持が落ち着かず、二、三の記事にざっと目を通しただけでそれらを次々に投げ捨てた。テレビも一向に面白くない。

八時を少し回ったころ、彼女はベッドから抜け出し、シャワーを浴びるつもりでバスルームに入って行った。傷が少しずきずきし始めている。熱い湯を浴びれば、痛みもきっと和らぐに違いない。長円形の浴槽と香水の瓶が目に留まると、ふいに気が変わり、手首をさっとひとひねりするとじゃ口から湯が勢いよく流れ出した。香水を落としてからナイトドレスを脱ぎ、香り高い湯の中に入る。

熱い湯を再び加えようとしたまさにその時、ドアに低いノックの音がした。

「だんなさまからお電話です」マーサが呼んだ。

ナタリーは大きなため息をついた。「入浴中だと言ってちょうだい」言ったってどうせだめなことはわかっている。でも、少しは先に延ばせるだろう。

「ぜひお話ししたいとおっしゃってます」

「やすんでもいられないのね。質問攻めにされても答えられそうにないわ」

「詳しいことは全部、ジェンキンズがお話ししました。遠くにいらっしゃるんですもの。直接お声を聞きたいと思われるのは当然でしょう」

ナタリーはタオルをほっそりした体にサロンふうに巻きつけてからドアを開けた。

マーサの顔には心配と同情が浮かんでいる。「ベッドに戻ってそちらで取ってください。回しますから」そして、やさしい笑みを浮かべて「温かいブランデー入りのミルクをお持ちしましょうね。よくお眠りになれるように」とつけ加えた。

ナタリーはベッドに歩み寄って腰かけた。どきまぎしながら受話器を取り上げる。「ライアン？　お元気？」

「そんなことより……君はどうなんだ？」声音に抑えた怒りがあった。彼女はわざと軽薄な口調で答えた。

「わたしの体はまだ一つにつながってるわよ。答えになってるかしら？　報告しなきゃならないようなけがは全然なし。ほんのかすり傷よ。つまり、ぴんぴんしてるってこと」

「そんなに軽くてすんだのはほんとに幸運だったたってドクター・ヘンソンが言ってたぞ。くそ、ナタリー」彼は低い声でののしった。「どうして歩いて帰ったりしたんだ、まったく！」

その声を聞くと、胃の筋肉がきゅっと収縮した。怒りがゆっくり燃え上がり、ついに表面に噴き出した。「もうすんだ話、明日まで延ばせないの？　心配してくださるのはありがたいけど、でもほんとのところ、あなたの声を聞いていると、わたし、頭痛がしてくるのよ！」くぐもったののしり声が聞こえた。ナタリーは彼に口をはさむすきも与えずに続けた。「わたし、疲れてるの。じゃあ、おやすみなさい」

受話器を置くと、またすぐかかってくるのでは、と半ば期待しながらそのまま電話機をにらみつけていたが、数分後、かかってこないとわかると、彼女は立ち上がってナイトドレスを引っ張り出し、ベッドにもぐり込んだ。

マーサが薬とミルクを運んで来た。彼女はひと晩隣室で待機し、ミシェルが目覚めたら世話は任せてほしいと言う。温かい心遣いに、ナタリーは思わず目頭が熱くなった。

あくる朝目覚めると、体がこわばって痛いような気がした。湯につかろうと、彼女は浴槽いっぱいに熱い湯をはった。

八時ちょっと過ぎにマーサが朝食を運んで来た。それからミシェルが訪れ、九時にはドクター・ヘンソンからようすを尋ねる電話が入り、午後から起きてもいいとの許可を得た。

その日は時間のたつのが遅かった。が、夕方が近づくにつれて神経が高ぶってくるのがわかった。ライアンの帰宅が迫っていたからだ。ナタリーは出会いの最初の瞬間が怖かった。それが臆病《おくびょう》以外の何物でもないことはわかっていた。けれども、彼と顔を合わせる、と考えただけで耐えられそうになかった。彼の帰宅前に眠ってしまえたら……。ところが眠れるどころかそわそわして、何度も寝返りを打ち、刻々と不安がつのっていった。

車寄せに車が回り込んで来た時、ヘッドライトの明かりが一瞬カーテン越しに反射して室内をぼんやりとおぼろな光で照らし出した。が、やがてそれも消えた。ナタリーは半回転してドアの方に背を向けた。どうか、眠っているると思ってくれますように……。

数分後ドアは開き、彼女はライアンが入って来たのを聞いたというよりも感じた。かちっとスイッチの音がしたかと思うと枕もとのランプがぱっとともった。それから、ベッドの片側が彼の重みで沈んだ。

「ナタリー？」

眠ったふりをしてもどうせばれるだろう。ならば、最初からしないほうがいい。「眠ろうとしてたのよ」

「そうだろうな」

「じゃあ、なぜ邪魔するの？」

「ほら、爪がのぞいてるぞ、子猫ちゃん」彼はからかって身をかがめ、片手を彼女の肩に置いた。「大丈夫そうだな」

「証拠が見たい？　いちいちかすり傷や打ち傷を数える？」ナタリーが食ってかかると、低い含み笑いが聞こえた。

「そりゃ面白い思いつきだな。え、どう？」

ライアンの指がすっとほおをなでる。彼女は、ふいに喉もとにこみあげてきた塊をぐっとのみ込んだ。

「ぼくのかわいいおばかさん」ライアンはやさしくささやいた。「君をひとりでほうっておくのが心配だよ。わかっているのかい？　重傷を負わなくて、自分がどんなに運がよかったか」

「心配かけてごめんなさい」ナタリーはぎごちなく言った。ライアンは低いうめき声をあげ、かがみこんで唇を彼女のうなじにそっと押し当てた。

「この次から出かける時は一緒に連れて行くよ。そうすれば、少なくとも君から目を離さないでいられる」

「わたしはいちいち見張られたり保護されたりしなきゃならない子供じゃないわ」彼女は言い返したが、それ以上何も言えなくなった。ライアンの唇が彼女の唇をふさいで、やさしい我が物顔のキスをしたからだ。

やがて、彼はナタリーをひざの上に抱き取った。両腕の中に抱きしめられた瞬間、痛くて思わず彼女は小さなうめき声をあげた。

ライアンの目が細まった。すると、彼女自身の目は大きな灰色の湖面のように見開かれた。彼がナイトドレスの肩ひもをそっとはずしたからだ。

「ああ、なんてことだ！」ライアンはナタリーの背や胸のあちこちについている黒っぽい傷あとを見ると、つらそうにささやいた。「こんなふうになっているところがほかにもあるのかい？」

「気がつかなかったわ」そう言って彼女ははっと息をのんだ。ライアンがかがみ込んで傷あとの一つ一つにそっとキスし始めたからだ。それはじらすような刺激的な経験だった。感覚を騒がせ、生き生きと呼びさまし、感覚は、ついに、体の奥深くに潜んでいる温かいものと共に鼓動し始めた。

「二、三日したら出かけるつもりだ」ライアンは穏やかに言った。「今度は二人一緒にだ。リックがグレート・バリア・リーフ沖に小さな島を持っててね。少し遠いが、停泊するのによい深い港があるんだ。ジェンキンズに頼んでクルーザーに食料をたっぷり積み込んでおいてもらって、船上で二人で数日間のんびり過ごそう。どう、気に入ったかい？」

一日二十四時間、朝から晩までずっと彼と一緒に過ごす……。ナタリーの耳にはそれは警鐘のように響いた。彼はそこで思う存分、自分の魔法——そのほんの一服でわたしは満足してしまうのだが——を次から次に繰り出して攻めてくるだろう。でも、数日間の休日……これはまたとないもの……。夜のことは考えまい！

「うんと言っておくれ、ナタリー」彼はやさしく微笑した。「ぼくには休日が必要なんだ」

ナタリーはごくりとつばを飲み込んだ。結局、なるようにしかならないのだ……イエスかノーか、とにかくはっきりさせなければならない……。「そういうことなら……」と彼女は震え声で言い始めた。「どうして、わたしにいやって言えて？」

クルーザーはネラン川に沿って下り、出州《でず》付近の難しい水路を通り抜けて北に向かった。

すばらしいお天気で暑かったが、軽い川風がじりじりするような日ざしを大いに和らげてくれていた。

ナタリーはビキニを着て、暑くなったらすぐ脱げるように巻きスカートを身に着けていた。ライアンはすっかりくつろいだようすで船を操縦している。たくましい体は綿のショーツ以外何も着けていない裸同然の姿だ。普段、室内で仕事をしているにもかかわらずよく日に焼けていて、彼の姿が目に入るたびにナタリーははっと息をのみそうになった。

ナタリーもまた、くつろいでのんびりした気分になっていた。まるでこの数日間の休日は何か特別のものだというように。妙な気分だった。昔のことはもう過ぎてしまったことだ、という気がする。いまだけがあるのだ……いまと、そして、二人して歩む将来への期待だけが……。

五時間かかって、その小さな島に着いた。たくさんの島の中から、ライアンはどうやって、その島が自分たちの目ざす島だと見分けたのだろう？　ナタリーは不思議でならなかった。

「お食事にしましょうか？」ライアンがエンジンを切って錨《いかり》をおろすと、彼女はきいた。

「腹がへったのかい？」ライアンがほほ笑んだ。

「あなた、すいてないの？」

「うん……食べるものは欲しくないな」視線が彼女のほっそりした体の曲線をほれぼれと

眺め回した。ナタリーは彼の意味するところを悟ってさっとほおを赤らめた。

「この休日は、ほんとうに、いい思いつきなのかしら？　だって、この新鮮な空気と日光と、それにありあまるほど時間があっても、やることがなんにもないんですもの」

彼女を見つめるライアンの目が笑っている。「ぼくには山ほどあるよ」

ナタリーは近くにあった自分のタオルを丸めて彼に向かって投げつけた。「まあ、いやな人！　わたしはランチの支度をしにキッチンに行くわ。あなたはかもめでも眺めてらっしゃい！」

「君を眺めてるほうがよっぽどいいよ」

ナタリーはゆっくり首を振りながら設備の整ったキャビンに通じている短い階段に向かって歩き出した。冷蔵庫から冷やした缶――自分にはレモネード、ライアンにはビール――を取り出し、マーサが用意しておいてくれたコールドミートに添えるサラダの支度にかかった。これに熱くしたロールパンをつければ食事は完璧《かんぺき》だ。彼女は小さなテーブルにクロスを敷き、ナイフとフォークを並べてから彼を呼んだ。

「うまそうだな」ライアンが長身を折るようにしていすに腰かけながらつぶやくと、ナタリーは軽く肩をすくめた。

「コルドン・ブルーのごちそうほどじゃないけれど、おいしいわよ」

「君みたいに？」

「まったく、あなたって人は、それしか頭にないんだから！」彼女はライアンの向かい側に座ってナイフとフォークを取り上げた。

「昔の傷は深い、深すぎるのかい、ナタリー？」

　やさしげな声の調子にだまされそうだった。だが、だまされたふりをしてもむだだ……。

「一週間前ならイエスと答えたわ」彼女はゆっくり言い始めた。

「それで、いまは？」

「わからないの」顔を上げてまともにライアンの凝視を受けとめ、彼女は静かに続けた。

「戻ってからずい分いろいろな事があったから、ゆっくり考えてみる時間が必要だわ」

「二人で話し合う必要もある」

　長い沈黙が続いた。やがて、ライアンが強い調子で切り出した。「まず、一番大きな問題から片づけよう……シモーヌのことだ」目がはっとするほどまっすぐ見つめている。

　ナタリーはひと呼吸を置こうとレモネードをすすった。「もういいのよ、それは」

「よくないよ」

「明日まで延ばせない？」いいえ、明後日まで。いいえ、ずっとずっと先まで……もう全然触れないでほしい――彼女はひそかに哀願した。その問題を自分がほんとに追求したいのかどうかもわからなかった。あまりにもつらい思い出が多すぎるのだ……。

「あの女のせいで、危うくぼくらの結婚は壊れるところだったんだ」声が険しかった。

「もうずい分昔のことよ。わたしもとても若かったし……年齢のことだけじゃなく、経験の点でも」

「ぼくには君をどんなことからでも守ってあげられる自信があったのに」ライアンが静かな口調で言うと、ナタリーは落ち着こうと深く息を吸い込んだ。

「シモーヌはとても説得力があるから」

「おかげで君は家を出てしまった。君を捜し出そうとぼくがどんなに手を尽くしたか、わかるかい?」

ナタリーにはどうしてもきいておかなければならないことが一つあった。勇気を奪い起こしたその勢いで彼女は尋ねた。「あなたは一度も離婚を考えたことがないの?」

ライアンの目は揺るがなかった。「ない」

「そう……わかったわ」ナタリーがゆっくり言うと、彼は苦笑した。

「君はどうなんだい?」

瞳がかすかに愁いを帯びた。彼女は構えるようなしぐさでほつれ毛を後ろにはねのけた。

「わたし、わからないの……なんだか渦巻きに巻き込まれてるみたい……」

ライアンの瞳がいたずらっぽく光り、しゃがれた笑い声が喉の奥深くで響いた。「大丈夫。すぐにそこから救い出してあげるよ。きっとだ」

理想的なのどかな日よりとなった。空には少し雲が広がっていたが、やがて太陽が勝利をおさめ、恵み深い暖かい陽光を降り注いだ。

二人は釣りをしたり、泳いだり、日光浴をしたり、食べたり愛し合ったりし、日が落ちると再び愛し合い、互いに与え合う歓《よろこ》びに夢中になった。

そして、三日目、彼らは錨を上げてストラドブローク島の北端に向かい、そこで、更に二日を過ごして、名残を惜しみながら家路についた。

10

帰宅した次の日の朝、ライアンが出かけてしまうと、ミシェルがナタリーのひざによじ登ってきた。

「ダディはお仕事に行っちゃった」

「そうよ、ダーリン。ダディは夕方にはお帰りよ」

真剣な大きな目がまばたきもせずにじっと母親を見上げている。「それまでずっとお家《うち》?」

「そうね……。もしお出かけしたいのならいいわよ。ジェンキンズにブロードビーチの近くのショッピングセンターに連れて行ってもらいましょう」

「ケーキとお魚の所ね?」ミシェルが歓声をあげた。

二人は十時過ぎにジェンキンズの運転するダイムラーで家を出てパシフィック・フェア・ショッピングセンターの前で降ろしてもらった。バッグのひもを肩にかけ、ベビーカーを押してゆっくり歩き始める。すばらしい日だった。日ざしは暑いが不快なほどではなく、人々はれんがの小路《こみち》をゆっくりぶらついている。ナタリーも彼らの歩調に合わせて時々魅力的なショーウインドーの前で立ち止まってはまた歩き出した。

「飲みもの、ねえ！」ミシェルがねだった。

二人はデボンシャーのクリームチーズを専門に扱っている店のすぐ近くまで来ていた。大きなひさしを張り出して戸外に数脚のテーブルといすを並べ、イギリスのコッツウォールド丘陵地方のコテージそっくりにしている。ナタリーは、風雅な水車から水が流れ込んでいる池の小さな橋を渡り、金魚をのぞき込めるように池のさくの近くのテーブルにミシェルを腰かけさせてからレモネードとアイスコーヒーを注文した。二人はこれまでにここを二度訪れている。ミシェルが大はしゃぎで金魚を指さしておしゃべりを始めると、ナタリーは注意深く耳を傾けた。

そのあと、二人は名店街を一巡して、ランチを食べに、池を見晴らすカフェテラスに入った。

こうして一時間半はまたたくうちに過ぎた。あと五時間もすればライアンが戻って来るだろう。彼のことを思うと、ナタリーは思わず口もとにかすかな笑みが浮かぶのを抑えることができなかった。リックの島で過ごした数日間はほんとにのんびりしていて、生涯忘れ得ぬ大切な思い出となるだろう。恋に始まり、あらゆる誤解や苦渋を経て、ついにいま、共に分かち合う豊かな愛へ向かうことができたことに彼女はとても大きな喜びを感じていた。

おそらく、人生という学校で人が学ばなければならない学課だったのだろう——愛が、細心の注意を払って取り扱わなければならない贈り物だということは。それだけの注意を払って初めて、愛は、より確かな豊かなものへと育ってゆくのだ。そう、彼女はいまにして悟ったのである。単なる肉体的、精神的つながりを越えた、信頼と誠実が不可分に織り込まれたもの——それが愛……。

「またお魚よ、マミー!」

ナタリーは夢想から覚めた。そして、サンドイッチを満足げに食べている娘ににっこり笑いかけた。「そうね、ダーリン。さあ、そろそろ行きましょ。ジェンキンズがもう待ってるわよ」


ミシェルをお昼寝させて下の階におりて来ると、ナタリーは父とアンドレアに手紙を書こうとペンと便せんを取り上げ、網戸を引き開けて中庭におり、戸外のテーブルの一つに腰をおろした。陰を作っているパラソルの下はほどよい暖かさで心地がよかった。彼女は便せんを開き、この一週間の主な出来事を、ミシェルに関するさまざまなエピソードを織り込みながらつづり始めた。

「奥さま、すみません。お目にかかりたいという方がいらしてるんですが」

マーサの声にナタリーはちょっと驚いて顔を上げた。年長の婦人の顔には困惑の色が浮かんでいる。

「ミス・ヴィージーです」

ナタリーはかすかに顔をしかめてペンを置いた。「いない、ってことにできないかしら?」

「できないでしょうね。こんにちは」高い声が広い網戸の方から響いたと思うや、着飾ったその声の持ち主が日の光の中に入って来た。「わたくし、勝手に上がり込むことにしたの。どっちみち、ここは勝手知ったる他人の家ですもの」

マーサはいんぎんな表情を変えなかった。だが、内心、彼女が不快に思っていることは、ナタリーの方に振り返る一瞬前にかすかに引きつらせた口もとにはっきり表れていた。

「何か冷たいものをお持ちしましょうか?」

「そうして」シモーヌはナタリーの向かい側に腰をおろして、ぞんざいに片手を振って命じた。「あなた、わたしがいつも飲むもの、知ってるでしょ?」

マーサは静かに礼儀正しく答えた。「さあ、なんでしたか……。この前この家にいらしてから、もうずい分になりますから」

鈴をころがすようなソフトな笑い声とは裏腹に、例のきらきら光る黒目がちの目にはいらだちの色が浮かんだ。「まあ、マーサ。なにもそう用心する必要はないのよ! ライアンがわたしに夢中なことはナタリーも先刻承知なんだから」彼女は自分のえじきに向かってきらきら光る目を注ぎながらあざ笑うように言った。「そうよね、ダーリン?」

やれやれ、この意地の悪い女は何をしようとしているのかしら? ナタリーは相手の燃えるような目と美しい金のケースからたばこを抜き取るとがった真っ赤な爪を見ながら落ち着こうと深呼吸をした。もしシモーヌに予知能力があり、攻撃をかけるなら先週がチャンス、と知っていたとしたら、彼女は望みどおりの結果を得ていたかもしれない。だが、もはや、遅すぎた。

「わたしは冷たいソーダ水をお願い、マーサ」

「わたしにはウオツカをビタースとライムで割ったもの」

マーサの態度には彼らを二人きりにしたくないという気持がありありと見えて、ナタリーは胸を打たれた。彼女は視線をゆっくりシモーヌの冷たい目に戻した。「で、今日いらしたのは……?」

「わたしがなぜここへ来たか、わかってるでしょ?」二人の間に、一瞬ぱっと不吉な火花が散った。「それほどおばかさんじゃないでしょうから」

ナタリーは無意識にいすの背に体をもたせかけリラックスしているように見せかけようとした。「それはほめていただいたと取っていいのかしら?」

「変わらないわね」シモーヌが辛らつに言った。

「とんでもない。大いに成長しましたわ」

「まあ、確かに年は三つ取ったけど」相手はばかにしたように笑った。「でも、相変わらず、信じられないくらいうぶだわ」

「あなたが思ってらっしゃるよりは幾分大人になったと、いまにおわかりになるんじゃないかしら」ナタリーは注意深く言葉を選びながら答えた。

「そう?」シモーヌはたじろぐほど強烈なまなざしでナタリーをにらみつけた。

マーサが戻って来たことで緊張が破られた。ナタリーは盆をテーブルに置いた年長の婦人に感謝の笑みを向けた。

「何か食べるものもお持ちしましょうか?　ちょうどオーブンから丸い菓子パン《スコーン》を取り出したばかりなんですが」

「いらないわよ」

「わたしは一ついただくわ。ジャムとクリームをつけて。もしめんどうでなければ」

「めんどうなんてとんでもない」

「おやまあ、ナタリー!　マーサは単なる使用人よ。そんなふうに友だち扱いすると、いまに取って代わられるわよ」

ナタリーは霜のついたグラスを取り上げて冷たい中身をすすってからそれをテーブルに戻した。「ジェンキンズとマーサは長年この家に尽くして、家族同様ですもの」

「おやおや、ちょっとばかし大人になったようね。爪がのぞいてるわ!」

「とても鋭いかもしれなくてよ」

「それ、ひょっとして脅し?」

「そう取りたければ、取ればいいわ」

相手の女の顔は憤怒で醜くゆがんだ。「わたしはそう簡単に脅しに乗らないわよ」

「わたしもよ」ナタリーは頭をちょっと反らして、怒りのうっ積したシモーヌの目を見つめた。

「あら、わたし、あなたを脅してるかしら?」

「してない?」

「なによ、ばかな小娘のくせに! あなたがここにいるのは、とんでもないへまをやらかしたからじゃないの!」

「いろいろへまはやるけど、どういうこと?」

「ミシェルよ! あなたの娘の。そしてたぶんライアンの」そう言ってシモーヌは調子はずれのかん高い笑い声をあげた。「いまのこの時代に、へまをしたと思わない?」目が不気味なほどきらきら光っている。「それとも、それは全部最初から注意深く練り上げた計画だったというわけ?」

まさにその瞬間、運よくマーサが現れた。さもなければ、ナタリーの堪忍袋の緒は切れていたに違いない！

「ほかにご用はございませんか？」マーサが心配そうな顔で尋ねると、シモーヌが怒鳴った。

「もう、いいかげんにしてよ！　二人だけにしておいてくれない？」

年かさの婦人はしゃんと背筋をのばした。胸もとが怒りでかすかに震えている。「わたくしは奥さまのお指図を仰いでいるのでして、あなたにおききしているのではありません」

「スコーンをありがとう、マーサ」ナタリーが静かに言った。目がとても落ち着いている。「ミシェルのようすを見て来てくださる？　そろそろ目を覚ますころじゃないかしら」

つかの間、マーサは行くべきか否か迷っているようすだった。だが、やがてシモーヌを無視してナタリーに心配そうな笑みを向けてこう言った。「もしお目覚めでしたら、わたくしがお相手をしていましょう」

「そうなさい。わたしはちびが大嫌いだから」

これは明らかにマーサには我慢のしかねる言葉だったのだろう。というのも、彼女は落ち着き払ってシモーヌの方に向き直ると、突き刺すような視線を注いでこう言ったからだ。

「ああ、ありがたい。だんなさまがあなたと結婚しようなどというばかな考えを起こさなくて」

「もしわたしと結婚してたら、あんたなんかとっくにお払い箱よ！」

マーサは口もとをきゅっと一文字に引き結んで憤りを抑え、堂々と出て行った。その姿が見えなくなったとたん、シモーヌがわめいた。

「なによ、あの女！」

「長居しすぎて嫌われたのよ」ナタリーは立ち上がった。「さあ、玄関までお送りするわ」

「まあ、わたし、まだ何も話してないじゃない！」

「悪いけど、あなた、もうしゃべりすぎたわ」

「まあ、ダーリン。まだ何も言ってないわよ！」

ナタリーはひと言も言わずに黙り込んだ。それからかなり長い沈黙が続いたあと、彼女はやっともう一度いすに座り直した。「じゃあ聞くわ、シモーヌ。胸の内にあることを洗いざらい吐き出してからお帰りなさいな」

「わりに簡単なことなのよ。ライアンが欲しいの」黒髪の、洗練された美人を見つめるナタリーの目は驚くほど冷静だった。

「それで、ライアンもあなたを？」

「そうでなきゃ、こんな所に来やしないわよ」

「じゃあ、そのために、わたしに離婚を申し立てろと？」

「そうしてくれれば助かるわ。でも、それはどっちでもいいのよ。彼は金持だから人を雇ってあなたに不利な証拠をでっち上げるくらい、わけないから」

「浮気の？」

紫煙が二人の間にふんわりと漂った。

「わかりが早いこと！」

「もし、わたしがいやだと言ったら？」

「言わないわよ。三年前だってわたしはあなたに十分な証拠を並べてあげたわ。あなたが戻ったからって、事情はちっとも変わってないもの」

「こんな格言、聞いたことない？〝一度嚙《か》みつかれたら、二度目は用心する〟って」

「わたしに逆らうつもり？」両の眉がせせら笑うようにつり上がった。「それはやめとくほうがいいわよ。今度、外を歩いたら、ただ驚いたじゃ、きっとすまないから」

あっと悟ると同時に恐ろしくなった。「あなたが、あんな危険な目にあわせたのね？わざと。あれは、犯罪だわ」

「まず、証拠が必要だわね」

「そうまでして、ライアンを……」

「彼はわたしのものだったのよ。それが、あなたが現れて……田舎の小娘が。まったく！わたしが彼にあげられるものに比べたら、あなたには何もなかったのに」

「たぶん……愛以外はね」

「愛ですって？　それがなんの関係があるの？」

「それがすべてだと、わたしは思うわ」

「わたしは彼を肉体的に満足させてあげられたわ。ところが、あなたときたら、ひどくうぶで、まるで子供みたいで、それがどういうことか、ほとんど何も知っちゃいなかったんだから」

「欲望だけなら空虚な情熱にすぎないわ。それは愛情を伴って初めてすばらしいものになるのよ」

「そんなセンチメンタルなたわ言、よしてちょうだい！　ちょっと自分の周りを見回してごらんなさいよ。この屋敷、車、高級アパート……クルーザーだけだって掛け値なしの六けたの額にのぼるのよ。だれが愛なんて信じるもんですか！」

「わたしは信じるわ」ナタリーの表情がくもった。「あなたは逆だと思ってるようだけど、わたしたちの間で積極的だったのは彼のほうなのよ。贅沢《ぜいたく》な環境や財産など、わたしはむしろないほうがよかった。そしたら、せめて対等と思えたでしょうからね。あなたはわたしの夫のライアンを欲しがった。いえ、ライアンというよりも、ライアンの財産をね。あなたはうまくやったわ、シモーヌ。わたしはばかみたいにあなたの一言一句を信じ込んで、自分の足の続く限り遠くへ、速く、と逃げたのよ」そこでちょっと言葉を切って、彼女は練鉄製のテーブルの模様を指でぼんやりなぞった。「でも、今度はもう逃げ出さないわ」

「とどまって恥をかくつもり?」

「どうして恥をかくの?」

「わたしがいとも簡単に彼を奪ってみせるから!」

「もしそれがほんとうなら、どうして彼は法定別居を持ちかけて、それから離婚へと進まなかったのかしら。さあ、もう時間切れよ」ナタリーは一語一語区切りながらはっきり言った。「わたしは彼を愛してるわ……とても深く。それにミシェルがいて、わたしたち両方とも、そう簡単には娘をあきらめることができないの。それに、今年の末にはもう一人生まれそうなの。わたしが間違ってなければ」

シモーヌの憤怒の形相はすさまじく、ナタリーは思わずあとずさりしたい気持と闘わなければならなかった。静かに立ち、目をしっかり相手にすえ、表面は落ち着いていたが、その実、内心は油断なく身構えていた。

それでも彼女はふいをつかれた。シモーヌが片手を振り上げたかと思うや、左のほおに痛烈な強打をくらって危うく倒れそうになったのだ。やみくもに手をのばして体を支えようとテーブルの端につかまった。あまりの痛さに涙があふれ、視界がぼやけた。

「ずるがしこくて腹黒い雌ぎつね! あなたを憎んでやる、憎んでやる、え、聞こえて?」言葉が低い、しわがれたののしり声となって相手の口からほとばしり出た。ナタリーは震える片手を持ち上げて涙をぬぐった。

「もう帰られたほうがよろしいでしょう」

ジェンキンズの声が聞こえた。ゆっくり振り返ると、いつもは温厚な彼の顔が無言の怒りを帯びている。

「帰りたい時に帰るからほっといて！」黒髪がゆっくり弧を描いて、彼女は執事の方に向き直った。「さあ、出てってよ。話がまだ終わってないんだから」

「あなたはこの家にはもう用のない方です。ミス・ヴィージー」ジェンキンズは断固とした声で言うと、近づいて来てナタリーとシモーヌの間に立った。「どうしても自分の意思で帰ろうとなさらないのなら、力ずくで連れて行くよりしようがないですな」

「わたしに指一本でも触れてごらん。暴行罪で訴えてやるから！」

「そうはいかんだろうな」低い、落ち着いた声音が割って入った。はっと、ナタリーはこちらに近づいて来る長身の人物に目を投げた。

「ライアン！　ああ、よかった。あなたが来てくれて！」シモーヌが叫んだ。発作的なすすり泣きを交じえながら、言葉が洪水のように彼女の口からほとばしり出た。

「ひどいのよ……この人、ほんとに恐ろしい人……ひどいこと言うの……」

ナタリーはあ然として突っ立っていた。自分の言うべきせりふをシモーヌに取られてしまったと頭のどこかで考え、ぞっとするようなおかしさを感じながら。彼女はまるで姿の見えない傍観者のように眼前の一枚の絵、二人の人間が向かい合っている図を眺めていた。

一方は防御の姿勢で、もう一方はいまにも飛びかかろうとしているジャングルの虎《とら》のような危険な姿勢で向かい合っている。シモーヌの演技はずば抜けている。実際、もし自分が当事者でなければ、彼女の口から出た一言一句をそっくりそのまま信じ込んだに違いない。

ライアンはじっと聞き入っているふうに見えた。目はシモーヌにではなく、ナタリーに注いで。言葉の奔流が途切れると、ふいに、冷たい調子の声が響いた。その意図は明白だった。

「ジェンキンズが君を車まで送って行くだろう。今後再びぼくの妻に近づいたり、いかなる形であれ、彼女を脅そうとしたりしたら、永遠にコーストの社交界から追い出してやるからそう思え」ライアンのまなざしは冷酷で、一片の哀れみもなかった。「もし君が分別のかけらでも持ち合わせているなら、どこかよそへ行ったほうがいいだろう」

「でも、あなたはわたしを愛してたわ。そうよ、わたし、ちゃんと知ってるわ！」

しんと水を打ったように静まり返った。ナタリーは無意識のうちに息を止めていた。

「ぼくは君を利用しただけだ。君がぼくを利用したようにね」彼はひややかに訂正した。

「それもずっと昔の話だ……ナタリーが最初にぼくの前に現れるずっと前のことだ」

「でも、わたしたちは似合いのカップルだったわ。そうだったでしょ？　みんなもそう言ったわ！」

「みんなが間違ってたんだ。ぼくにとってすべてであり、ありとあらゆる意味を持つ女性は、生涯でただ一人だけだ」

「この人はあなたにふさわしくないわ、絶対に！」

「ジェンキンズ。ミス・ヴィージーを送り出して、もう二度とこの家の敷居をまたがせるな」

「はい、だんなさま。喜んでそういたします」

「あなたにそんなまね、させるもんですか！」

「ぼくがさせるんだよ、シモーヌ」

ジェンキンズは前に踏み出してシモーヌの腕を取ると、彼女を引っ張って小石で舗装された中庭を横切って行った。ナタリーは二人の姿が室内に消えるまで見送っていた。

「どこかけがはしなかったかい？」

「大丈夫よ」彼女はライアンが知らぬ間に寄って来て真向かいに立っていることに気づいたが、冷静に答えた。

「ほんと？」声音がちょっと疑わしげだった。

あごを持ち上げられると、ナタリーは本能的に目を伏せた。

「ぼくを見るんだ、ナタリー」

ゆっくり目を開けると、目と目が合い、じっと見つめ合った。指がほおをさすった瞬間、彼女はかたずをのんだ。「早いお帰りだったのね」何か言わなければならない。さもなければ、子供のようにわっと泣き伏すに違いない……。

ライアンの微笑を見ると、妙に心が乱れた。いつものいかめしい表情が顔から消えている。「言うことはそれだけかい？」

「混乱しちゃって、なんて言ったらいいのか……」

彼はそっと頭を傾けて唇をほおにはわせた。「マーサが電話をかけてきたんだよ」口もとで彼がささやいた。

「マーサが？」

唇があごの線をゆっくりなぞって耳たぶを探った。「うん……マーサもジェンキンズも自分たちの大切な子羊を守ろうと一生懸命なんだよ」

「まあ」

ライアンは感覚を刺激するようなやさしいキスをし、それとなくナタリーの反応を追った。が、彼女はその時はそれに応《こた》えることができなかった。彼はしぶしぶ頭を上げた。

ナタリーは何よりも彼の胸に飛び込んで、しっかり抱きしめてもらいたくてたまらなかった。「話をどのくらい聞いてたの？」彼女は思いきって尋ねた。

「なぜ？　シモーヌになんて言ったんだい？」

ナタリーは口ごもった。「ほとんどあの人が一人でしゃべってたのよ」

「じゃあ、君のほうはおとなしく聞いてたの？」

「そうでもないけど……」

「でも、ぼくには話したくない、そうなんだな?」

ナタリーはその声の調子にはっとしてライアンを見上げた。そして、ゆっくり首を振った。それは自分のうかつさに対する自嘲《じちょう》のしぐさだった。「わたし、もういさかいはたくさん」彼女がちょっと悲しげに言うと、ライアンの目が一瞬細まった。

「なんのこと?」

「あなたとわたしとのこと」

「どういうことか話してごらん、ナタリー」長い沈黙のあとで彼が言った。ナタリーは美しく澄んだ灰色の瞳でライアンをじっと見つめる。

「わたし、もう自分を偽りたくない……」

「ああ、わかった」

「ほんとに?」

「中へ入ろうか」彼が言うと、ナタリーは弱々しく片手を上げた。

「ここで話せるわ」

温かい微笑が彼の口もとに広がり、目尻に笑いじわを刻んだ。「話だけがそういつまでも続くとは思えないな。隣近所をびっくりさせたいのかい?」

「まだ、昼間よ」ナタリーが抗議すると、彼は低いしゃがれ声で笑った。

「夜まで待たせて、ぼくを罰しようってつもり?」

「待つ?」

彼はナタリーのあごを持ち上げた。「君が頼むなら」

ナタリーの下唇が細かく震え始めた。「愛してるわ……ずうっと愛してたの」

「わかってるよ」ライアンがやさしく応じた。

「わたし、あなたを傷つけたかったの。わたしが傷つけられたように」

「もうすんだことだよ、ダーリン。ぼくたちの間にはもう二度と起こらないことだ」

彼はあおむけられたナタリーの唇にさっとキスをしてから改めて身をかがめ、今度は長い口づけをした。それから、彼女を自分の肩で抱きかかえるようにして室内へと導いた。

「ぼくたちは互いのものだ。ミシェルは天からの贈り物だよ」

小さな笑みがこっそりナタリーの口もとに浮かんだ。「もう一つ贈り物を授かったとしたら、あなた、どう思う?」

彼の目が屈託のないナタリーの顔を見つめた。「なんて言ったんだい?」

「また、子供ができたらしいの」彼女は静かに言った。

ライアンの瞳の色が濃くなり、声がかすかに緊張した。「困るのかい?」

「あなたは?」ナタリーはゆっくりききき返した。

「どうしてそんなことをきくんだ!」ライアンはさっと両腕で彼女を抱き上げると、楽々と階段を駆け上がり、夫婦の寝室へと運んで行った。

ナタリーをそっと床の上に立たせると、彼は両手で彼女のほおをはさんで顔を見つめた。

「ぼくはもっと注意すべきだったよ」

「なぜ？」

「だって、君はミシェルを産む時、とてもつらい目にあっただろう」

「そんなこと、あの子を両腕に抱いたとたんに消し飛んじゃったわ。温かい生命《いのち》が愛から生まれ出るのよ……あなたとわたしの愛から」

「君はすばらしい……実にすばらしい」ライアンは感きわまってうめいた。両手がこめかみまですべって彼女の顔をはさんだ。「ぼくと一緒にいてくれるね？　一緒に眠ってくれるね？　ぼくの人生の残りの日々をずうっと一緒に」

彼女の中でいたずらっ気がむくむくと頭をもたげた。「日中だけでいいの、ライアン？」

「こら！」彼はいかにも楽しげに笑った。「かたきをとってやるから覚えてろよ！」

「それは楽しみだわ」

黒みがかった金色の瞳に情熱の炎がぱっと燃え上がった。と思うや、唇が覆いかぶさってきて、まるで焼き尽くさんばかりの熱烈なキスを浴びせたので、ナタリーは恥も外聞もなく彼にしがみついた。

やがて、ゆっくり、無限の愛をこめて彼はナタリーの服を脱がせ始めた。そして、服を脱ぐのを手伝おうとするナタリーに微笑で応えた。二人は抱き合い、互いに興奮を高め合って官能の歓《よろこ》びに酔いしれた。

やがて、二人は手に手を取って部屋から姿を現し、階下へとおりて行った。頭をライアンの肩にもたせかけると、それに応えて腰に回された彼の手に力が加わった。すると、温かいものが身内に広がり、限りなく愛されているという気持にナタリーはひたされた。ライアンが頭を傾ける。彼女は顔をあおむけてキスを待つ。そして、終生変わることがないと信じる情熱に、ナタリーは恍惚《こうこつ》としていた。

●本書は、1985年9月に小社より刊行された作品を文庫化したものです。

昨日の影
2025年4月15日発行　第1刷

著　　者／ヘレン・ビアンチン
訳　　者／井上圭子（いのうえ　けいこ）
発 行 人／鈴木幸辰
発 行 所／株式会社ハーパーコリンズ・ジャパン
東京都千代田区大手町 1-5-1
電話／04-2951-2000（注文）
0570-008091（読者サービス係）
印刷・製本／中央精版印刷株式会社
表 紙 写 真／© Mykola Lukash ｜ Dreamstime.com

ISBN978-4-596-72817-3

3月28日
発売

ハーレクイン・シリーズ 4月5日刊

ハーレクイン・ロマンス

愛の激しさを知る

放蕩ボスへの秘書の献身愛 〈大富豪の花嫁にⅠ〉　ミリー・アダムズ／悠木美桜 訳

城主とずぶ濡れのシンデレラ 〈独身富豪の独占愛Ⅱ〉　ケイトリン・クルーズ／岬　一花 訳

一夜の子のために 《伝説の名作選》　マヤ・ブレイク／松本果蓮 訳

愛することが怖くて 《伝説の名作選》　リン・グレアム／西江璃子 訳

ハーレクイン・イマージュ

ピュアな思いに満たされる

スペイン大富豪の愛の子　ケイト・ハーディ／神鳥奈穂子 訳

真実は言えない 《至福の名作選》　レベッカ・ウインターズ／すなみ　翔 訳

ハーレクイン・マスターピース

世界に愛された作家たち
～永久不滅の銘作コレクション～

億万長者の駆け引き 《キャロル・モーティマー・コレクション》　キャロル・モーティマー／結城玲子 訳

ハーレクイン・ヒストリカル・スペシャル

華やかなりし時代へ誘う

公爵の手つかずの新妻　サラ・マロリー／藤倉詩音 訳

尼僧院から来た花嫁　デボラ・シモンズ／上木さよ子 訳

ハーレクイン・プレゼンツ作家シリーズ別冊

魅惑のテーマが光る極上セレクション

最後の船旅 《ハーレクイン・ロマンス・タイムマシン》　アン・ハンプソン／馬渕早苗 訳

3/5 刊行

二人の富豪と結婚した無垢

家族のため、40歳年上のギリシア富豪と
形だけの結婚をしたジョリー。
夫が亡くなり自由になれたと思ったが、
遺言は彼女に継息子の
アポストリスとの結婚を命じていた！

(R-3949)

USAトゥデイのベストセラー作家
ケイトリン・クルーズ意欲作！
独身富豪の独占愛

4/5 刊行

城主とずぶ濡れのシンデレラ

美貌の両親に似ず地味なディオニは
片想いの富豪アルセウに純潔を捧げるが、
「哀れみからしたこと」と言われて傷つく。
だが、妊娠を知るとアルセウは
彼女に求婚して…。

(R-3958)